【中国青少年必读名著】

上尉的女儿

［俄］普希金◎著 焦庆锋◎编

黄河出版传媒集团
宁夏人民出版社

图书在版编目(CIP)数据

上尉的女儿 /(俄罗斯)普希金著;焦庆锋编. -- 银川:宁夏人民出版社,2015.12
(中国青少年必读名著)
ISBN 978-7-227-06187-8

Ⅰ.①上… Ⅱ.①普… ②焦… Ⅲ.①长篇小说—俄罗斯—近代 Ⅳ.① I512.44

中国版本图书馆 CIP 数据核字 (2015) 第 299121 号

中国青少年必读名著
上尉的女儿　　　　　　［俄］普希金　著　焦庆锋　编

责任编辑	贺飞雁
封面设计	焦庆锋
责任印制	肖　艳

黄河出版传媒集团
宁夏人民出版社 出版发行

地　　址	银川市北京东路 139 号出版大厦（750001）
网　　址	http://www.yrpubm.com
网上书店	http://www.hh-book.com
电子信箱	renminshe@yrpubm.com
邮购电话	0951-5052104
经　　销	全国新华书店
印刷装订	三河市恒彩印务有限公司
印刷委托书号	（宁）0001311
开　　本	640mm × 920mm　1/16
印　　张	12
字　　数	120 千字
印　　数	6000 册
版　　次	2015 年 12 月第 1 版
印　　次	2015 年 12 月第 1 次印刷
书　　号	ISBN 978-7-227-06187-8/I · 1576
定　　价	19.80 元

版权所有　翻印必究

前言

世界名著是人类文化艺术发展道路上的丰碑，它以生生不息的思想力量、经久不衰的语言魅力深深打动着一代又一代的读者。对于青少年而言，大量阅读文学名著，是行之有效的阅读行为。文学名著凭借超拔的构思、动人的故事、隽永的语言，实现了文学大家对自然与人类社会不凡的理解和想象。沉浸其中，会让你成为一个对事物有通达理解的人，一个个性健康、感情充沛、志趣高尚的人。总而言之，读名著对你的智商与情商的提高都有莫大的好处。

为了系统地向广大青少年传递世界名著精华，我们精心组织编写了这套《中国青少年必读名著》。我们从浩瀚的知识海洋中，撷取精华，汇聚经典，将最受世界青少年青睐的作品奉献给大家。该系列丛书会给读者朋友们打开一扇心灵的窗户，让读者朋友们在知识的天地里遨游和畅想，为青少年朋友们搭建一架智慧的天梯，让我们在知识时空中探幽寻秘。本套丛书内容健康、有益，紧扣中学生语文课标，集经典性、知识性、实用性、趣味性于一体。我们精选的这些名著都是经历了历史与时间的检验，是公认为最具有杰出思想内涵或文学艺术品位的名著，是一份让广大青少年朋友品味人类知识精华的大餐。

由于编纂时间仓促，加之编者水平有限，编写过程中难免出现纰漏，还望广大读者批评指正。

阅读导航

名家导读

名家导读就像浩瀚海洋中的灯塔，引导你正确地思考，在阅读引领的指引下开始每章的旅程。

延伸思考

伴随着故事情节的发展，针对一些关键性的情节展开疑问，加深读者对作品的印象。

中国青少年必读名著

雪地救起的一条命

名家导读

萨威里其老人对自己未能体尽职守的照顾好小主人而深深的自责，在彼得卢沙的安慰下，心情才稍稍平复了些。他们驾车行驶在荒凉的原野上，暴风雪随时可能来临。他们能顺利地到达目的地吗？

彼得卢沙在车上一直沉默不语，悔恨开始侵蚀他的心了，一百卢布在当时是个很大的数目，想想看，两人一餐大菜，所费不过两卢布，一百卢布几乎可供半年零花了。祖林那个家伙，一开始就打定坏主意，算准他年幼可欺，就狠狠敲他一把。啊！愚蠢的后果竟然这样严重！不过聊可告慰的是，从此他再不会轻易相信人，尤其是故作一见如故的陌生人。

可怜的萨威里其，要怎么样来安慰他老人家？看他愁容满面的，彼得卢沙开始着急了，他想："还是由我先开口吧。"

"萨威里其，刚才恕我言重了，惹你生气，请看在父亲的面上，原谅我。"

"这是说哪里话？"萨威里其一听少爷这样一讲，马上接腔，"彼得卢沙呀，我不是生你的气，我是在生自己的气。临走时夫人是怎么嘱咐我来着？我真该死，把你一个人撂在旅馆里。我回去怎么有脸见主人主母呢？想想他

延伸思考

[情节描写] 经过这次事件以后，彼得卢沙也算得到了教训，他变得成熟了。

14

上尉的女儿

看不到。

彼得卢沙着急、惶恐,可是又想不出什么避难解危之策,突然——

"喂,车夫!"彼得卢沙嚷道,"那边,那边有一团黑黑的东西!"

车夫随着彼得卢沙的手指处望过去。

"老爷!什么也没看到呀。有了,果然——不像马车,也不会是树,它会飘动呀,恐怕是狼,会是人吗?"

"到那边看看吧,如果是人,就更应该赶快去救。"彼得卢沙下令。

车夫挥鞭催马急驰,一会儿就驶近。原来是跌倒在雪地上的流浪汉。萨威里其跟车夫在彼得卢沙的催促声中,把他拖上马车,才发现他已奄奄一息。

名家点评

彼得卢沙向萨威里其保证以后一定摔掉任性、浪费的毛病。他们在荒野上行驶。车夫预计可能会有暴风雪,建议原路返回村庄。但是,任性、自以为是的彼得卢沙却坚持继续前进。结果,他们真的遇上了暴风雪,在暴风雪中,他救起了一个流浪汉。

[心理描写]

从未出过远门的彼得卢沙,面对如此恶劣的环境,又能想出什么好办法呢?

拓展训练

1. 萨威里其在为何事耿耿于怀?
2. 车夫为什么建议原路返回村庄?
3. 彼得卢沙为什么拒绝了车夫的建议?

名家点评:每节故事后,都有名师对这节关键内容进行剖析,对精彩内容进行点评,让读者产生共鸣。

拓展训练:读过每一章的故事之后,我们不妨在思维拓展的问答题之下回味这一章精彩的瞬间。

阅读导航

目录

离　乡	1
奇妙的朋友	5
无知的教训	10
雪地救起的一条命	14
黑　店	18
永远的感激	23
刺猬手套	25
有名无实的要塞	30
温柔美丽的少女	34
老弱残兵	39
夜莺与玫瑰	45
纯洁与龌龊	51
决　斗	56
真情的流露	62

目录

父亲的回信…………………………………… 70

哥萨克首领普加乔夫……………………… 77

暴风雨前夕…………………………………… 82

危在旦夕……………………………………… 88

燃烧的草原…………………………………… 94

壮烈成仁……………………………………… 100

玛莎在哪里…………………………………… 105

绞架之歌	111
危险的玩笑	116
义释彼得卢沙	122
攻乎守乎	128
奥伦堡之围	133
刁斗森严	138
金碧辉煌的皇宫	142
老鹰与乌鸦的寓言	148
反　噬	154
永恒的祝祷	158
老友祖林	163
军法审判	168
凯瑟琳女皇	174
归　乡	180

离 乡

名家导读

彼得卢沙是一个俄国贵族军官的儿子,在他十七岁的时候,父亲为了弥补自己早早退役的遗憾,让孩子早日成才,决定让彼得卢沙去参军。彼得卢沙对于参军是什么态度呢?他愿意接受父亲的安排吗?

坐在窗边看书的父亲,突然放下书本:

"喂,妈妈!"(俄国习惯,父母亲有时跟着孩子管对方叫"爸爸""妈妈"。)

"什么事啊,爸爸?"母亲马上放下手中家务,抬起头来问。

"我们彼得卢沙今年多大了?"

"彼得卢沙今年十七岁了,他是在娜斯塔霞伯母瞎了一只眼睛那年生的,还记得吗?"

"哦,已经十七岁了……那么——"

父亲好像下定什么决心似的,迅速地从沙发上站起来:

"彼得卢沙,到这儿来。"

彼得卢沙一听爸爸的叫声,立刻快步走近。

"彼得卢沙,你已经长大了,应该从军去,不能再跟小孩子们鬼混下去,知道吗?"

"是。"

延伸思考

【细节描写】当确定孩子已经十七岁时,父亲决定彼得卢沙应该去从军了。

延伸思考
【细节描写】
母亲听到彼得卢沙要去从军，非常的不舍，这反映了她对儿子深深的爱。

延伸思考
【情节描写】
彼得卢沙想象中的从军生活似乎并不比家庭生活逊色，事实真的会是这样吗？

延伸思考
【情节描写】
父亲要求孩子去当兵，是为了弥补自己早早退役时的遗憾。

彼得卢沙虽然没有兄弟姐妹，但是他家有很多仆人，他跟这些仆人的孩子处得很好。他跟他们玩风筝、玩跳背游戏、玩鸽子，每天忙得不亦乐乎。没想到逍遥自在的日子这么快就要结束了。彼得卢沙的母亲一听"从军"更是着急，哐当一声，铲子掉在锅里，泪水也簌簌地掉下来。她知道"从军"这两个字所代表的意义，一则当然是服务国家，一则就是要与爱子分离了。

彼得卢沙虽惋惜欢乐时光一去不回，但有一幕美好的憧憬冲淡了别离的哀愁，那就是彼得堡近卫军的浪漫生活。美女、名驹相伴，戏院、舞会流连，还有笔挺漂亮的制服、体面忠诚的侍从——锦绣般的前程从此展开！

近卫军少校勃亲王，是彼得卢沙母亲的亲戚。由于勃亲王的帮助，他已在谢苗诺夫军团（沙皇四近卫军团之一）登记为中士了。在那个时代，贵族享有种种特权。他们从小就在军营登记，虽然过着悠闲的家庭生活，但也被视为现役军人，并且仍照年资升级，所以到了实际服役时，他们多已成为军官。

彼得卢沙的父亲格里涅夫少年时曾在米尼赫伯爵帐下服务，升到少校时就退役了。他并不是像彼得卢沙所想的，因看不惯儿子的游荡而催他去当兵，实在是因为眼看许多同僚步步高升，自己竟在世袭的田庄赋闲，心里着实不是滋味，所以希望孩子为他争一口气。

格里涅夫考虑了几天，终于决定让彼得卢沙尽快去开创自己的事业。

出发的前夕，格里涅夫为他的儿子写介绍信，向他太太要钢笔和纸。

"别忘了，安德烈，"彼得卢沙的母亲说，"代我向勃亲王问候，并请他多多照顾我们的孩子！"

"别打搅！"格里涅夫皱紧眉头，不耐烦地反问，"我干嘛写信给勃亲王？"

"你不是要写信给彼得卢沙的上司吗？"

"嗯，不错。"

"勃亲王不就是他的长官吗？"

"哼，我才不要他到彼得堡去呢——在那浮华的京城能学到什么呢？跟那些近卫军浪子在一起，简直糟蹋了宝贵的一生！我要让他过一种有意义的生活，他应该到陆军去学习，闻闻火药气味，一来可报效国家，二来升迁较快——彼得卢沙的身份证在哪里？快拿来给我！"

彼得卢沙的母亲一向对丈夫唯命是从，于是答应了一声"是"后，就赶快去找彼得卢沙的身份证。不一会儿，找到了，她三步并作两步地拿来，用颤抖的手递给她丈夫。

这时彼得卢沙的心烦极了，因为美梦一下子就破碎了，他想：

"父亲不让我到彼得堡，那么究竟要送我到什么地方去？"

他在一旁一眼不眨地看着挥动的笔，可是他父亲字斟句酌、一丝不苟地写，好半天工夫才算完稿。然后，他摘下眼镜，把彼得卢沙叫到跟前：

"你带在身上，这是给我的旧同事安得烈将军的。你就要在他的麾下服务，到奥伦堡去吧！"

"好。"彼得卢沙唯唯诺诺地回答。

翌日清晨，大门外停着一辆旅行篷车。

前一个晚上彼得卢沙的母亲已吩咐他许多事了，这时更是千叮咛万嘱咐地要他自己保重身体，并向萨威里其说：

"你是我们家最忠实的仆人，所以我才放心把这孩子交给你。今后更要你多多费心，千万别让他受风着凉，日常起居的照顾上可不能有一点儿疏忽啊！彼得卢沙孩子气还很浓，有时候闹起来，请你也看在我们的面子上，不要跟他过不去。"

然后又祝福她的儿子一路顺风，前途无量。格里涅夫虽然也用好话祝福他儿子，但不像太太那样婆婆妈妈的，惜别依依中仍然是正言厉色：

延伸思考

【语言描写】
父亲希望儿子进陆军学习，是想让儿子得到锻炼，进步更大，这也是父亲对儿子爱的一种方式。

延伸思考

【动作描写】
看到儿子从军已经越来越近，母亲紧张、不舍的心情难以抑制。

延伸思考

【细节描写】
表现了彼得卢沙对父亲的安排似乎并不满意，但又不敢反抗的心情。

"彼得卢沙,你要离家远行了,从此担负起贵族军官的责任,凡事要好自为之。服从长官,但不用花言巧语;抢功固然不好,偷懒更是糟糕,守本分,洁身自好,不要被环境污染!"

母亲又为彼得卢沙穿上兔皮褂子,披上狐皮外套,凝视了好一会儿突然紧紧地搂住他,泪水夺眶而出,屋子里一下子变得沉默了。彼得卢沙不知如何是好,母亲这样悲伤,千言万语也没法安慰她呀!

萨威里其也陪着流了好多泪。最后彼得卢沙在许多仆人的欢送下跳上马车,恋恋不舍地跟大家告别了。

【动作描写】相对于父亲的爱,母亲的爱是细腻的,也是深沉的。

名|家|点|评

彼得卢沙是一位贵族军官的儿子,他已经十七岁了,父亲打算让他去从军。为了让儿子得到更大的锻炼,有更大的进步,严厉的父亲把儿子派往奥伦堡从军。母亲对儿子的离开感到非常的难过和不舍。在同父母依依惜别后,彼得卢沙出发了。

1. 父亲为什么要彼得卢沙去奥伦堡当兵?

2. 父亲急于要彼得卢沙当兵的原因是什么?

3. 负责照顾彼得卢沙日常起居的仆人是谁?

奇妙的朋友

名家导读

在西姆比斯克，彼得卢沙遇到了一个气质优雅的高个子，彼得卢沙对他很仰慕。这个人邀请彼得卢沙一起玩撞球的游戏，彼得卢沙会同意吗？这个高个子真的是一个气质优雅的人吗？

马车疾驰在寂静的郊道上，当晚主仆俩就赶到了西姆比斯克。

第二天，萨威里其一大早就到街上买东西去了，留下彼得卢沙一个人在旅馆里。彼得卢沙越来越感到无聊，望着窗外泥泞的街道出了神，索性走出房门到各处看看。

这是一家规模不小的旅馆，有各种娱乐设备。彼得卢沙随便乱逛，不知不觉走到撞球房。那里有一位三十多岁的高个子，一看就知道是个豪迈不羁的人。这时他手中正拿着球杆撞击一个黑色的象牙球，姿态是那么优美，风度是那么潇洒，使年少的彼得卢沙不由生出了仰慕之心。

彼得卢沙发现赢的人喝杯酒，输的人就要从撞球桌下爬过。显然这漂亮人物占了上风，因为对手已爬得很吃力了，而他却喝得其乐陶陶。不久，对方竟趴在撞球桌下动弹不得，那个人不但没弯下腰去扶他一把，反而辱骂起他来：

"你这个无耻的撞球记数人，竟敢做手脚，简直是在

延伸思考

【细节描写】通过对这个高个子的姿态、动作、风度的细致刻画，表现了这个人优雅的气质。

太岁头上动土,今天总算给你一点颜色看了吧!"

看了这一幕,彼得卢沙的仰慕之心稍微低下去。但是当他转身欲退时,却被那个人"逮"住了。

"小老弟,来玩一局,如何?"

"我不会,对不起。"

"不会,真的?多可惜!"他竟以充满怜悯的目光看着彼得卢沙。

"有什么了不起!"彼得卢沙开始看不惯他那副流里流气的样子。

"哈哈,毕竟是血气方刚的年轻人,禁不起一点儿刺激。"哪知他并不以彼得卢沙的鄙视为意,"撞球这玩意儿诚然没什么了不起,但这世界上又有什么了不起的呢?"

彼得卢沙料想不到他会有此一问,竟愣住了,无言以对,涨红着脸羞窘万分。那个人倒满识相,眼见这年轻人害臊起来,就不再逼问他,拍着他的肩膀:

"小伙子,我没有为难你的意思。我是劝你,凡事放轻松点,不要太认真了。人生在世,不过数十寒暑,何必跟自己过不去呢?有福同享,有难同当,有乐共玩,有何不可?"

"胡说!"

"小伙子,别激动。撞球是最好的消遣,要学吗?我来教你好了。"

"我等仆人买东西回来就要继续赶路了,实在没工夫跟人学。"

"哈,简单极了,包你一学就会。哦,你到哪里去?这么匆忙?"

"奥伦堡。"彼得卢沙冷淡地回答。

"当兵去了?哈,我们是同志哩。在下是名上尉,属轻骑兵团,奉命到这里来募兵。我叫祖林,三十五岁——阁下?"

彼得卢沙把自己的姓名、年龄、籍贯都告诉了他后,

【心理描写】
当看到这个气质优雅的人行为、语言竟然如此粗鲁时,彼得卢沙对他的仰慕之心大打折扣了。

【表情描写】
这个人类似嘲讽般的提问,使彼得卢沙感到非常的窘迫。

【语言描写】
彼得卢沙对这个人的好感变得烟消云散,他对这个人甚至有点讨厌了。

两人就攀谈起来，直至共进午餐。午餐后，祖林又把彼得卢沙带到撞球间。

彼得卢沙禁不起他的一再怂恿，"上钩"了，竟跟他玩了起来。祖林也很有耐心地指导他球杆怎么拿，怎么运用，象牙球的性能及撞球规则等等，把所有技巧都一一详细为他说明。

"对，这样轻轻一击，球就落袋了。你好聪明，一学就会。有些人呆头呆脑、笨手笨脚，任凭怎么都是不会。不，我自己当初也是一样，简直不知如何出手哩，拙态毕露，笑坏了行家。玩了十几年，才懂得窍门，小伙子学习精力旺盛，不出半年，一定比我强。"

"祖林兄，少来这一套吧！你知道我初出茅庐，哪能比得上你？瞧你这副身手，别说半年，我看一辈子都赶不上哩。"

【语言描写】由于是同志的关系了，两个人的关系也迅速好转，甚至开始称兄道弟了。

"彼得卢沙，别妄自菲薄，慢慢来，一旦练精了，你就知道工夫没有白费，因为财源会滚滚而来。对，我们何不下个赌注？"

"开玩笑嘛，你知道我一定输的。"

"小老弟，别小看自己，我看你天生是个玩撞球的料子。撞球虽讲技巧，经验、运气也很有关系。其实，一切赌博性的玩意儿都是这样，对不对？"

【语言描写】这句话表明祖林的确是一个玩撞球的高手，而且颇有心得。

"不来了，我从来不跟人家赌博。"

"别孩子气嘛！要知道，你就要成为贵族军官了，居然不敢赌博，这不是笑话吗？"

天真的彼得卢沙再度在祖林的激将法下屈服了，双方讲明以一个点数一个戈贝为赌注。

最初彼得卢沙不敌对手，但没多久，不但扳回了老本，还有盈余。渐渐他就上瘾了，而手气却开始转坏，使得他大为恐慌，竟建议增加赌注。

【情节描写】这种赌博似得游戏使彼得卢沙陷于其中不能自拔。

"小老弟，不要紧张，有的是机会，胜败乃兵家常事。一戈贝差不多，不能再增加了。"

延伸思考
【心理描写】
这句话把彼得卢沙对这种撞球游戏非常上瘾而不能自拔的心理刻画的非常细致。

延伸思考
【心理描写】
彼得卢沙听到自己竟然输了这么多的钱,感到非常的震惊。

延伸思考
【情节描写】
彼得卢沙对于祖林由原来的仰慕变为现在的厌恶,可见,他也在慢慢变得成熟。

"十戈贝,好不好?"

"喝点甜酒,镇定一下。我去给你倒来。"

此后彼得卢沙就在祖林殷殷劝饮之下,喝得糊里糊涂。输钱的恐惧没有了,因为他父亲给了他不少旅费,母亲临走时更私下里塞给他很多钱。想通后,便放手去玩,何况又是跟这么一个知情识趣的老大哥玩。于是,刚出家门的彼得卢沙越陷越深,像一个顽童似的,因不小心碰破了一个花瓶,虽知可以修补完整,但基于某种恶作剧的心理,使得他将其拿起来砸得粉碎。

"你一共输了一百零二个卢布。"

不知玩了多久,祖林终于冒出这么一句话来。他虽然说得平淡,但在彼得卢沙听来,无异于晴天霹雳。

祖林要与他算总账了。

"哦,对不起,我钱没带在身边。"彼得卢沙镇静地、谦恭地说着。

"没关系,方便的时候再还好了。啊,吃饭的时间到了。我们到餐厅去吧,我请客。"

于是祖林就把彼得卢沙连拖带拉地拥到餐厅,叫了两份大菜。彼得卢沙已被烈酒灌得满满的,没有一点胃口。祖林就自个儿大吃大喝、自斟自酌起来。祖林仍是那样谈笑风生,虽然玩了半天球,并没有丝毫倦意。他的故事、笑话怎么那么多?

彼得卢沙虽迷糊,神志还算清醒,渐渐地,他看清楚了祖林的真面目。在彼得卢沙的醉眼蒙眬中,祖林那英俊的面孔扭曲了,那潇洒的仪态也变得庸俗了,甚至那些诙谐的话语,都变成了油腔滑调。

"哼,好一只披上羊皮的狼!克星!害人精!"

彼得卢沙真想一口唾沫吐在他脸上,但意识到自己已长大,一定要维持绅士风度,便没有轻举妄动。彼得卢沙竭力按捺满腔的怒火,随便敷衍了祖林几句。

"祖林兄,要什么再点吧,算在我账上好了。"

彼得卢沙虽已看清祖林的真面目，但由于喜当"老大"的心理，使他仍要故作大方。

"怎么好意思呢？还是由我来付，你不是尊我为兄吗？做哥哥的，还能吝啬请老弟吃一顿吗？"

"再这样客气我可要恼了。"彼得卢沙年少气盛，一再坚持。

"好，好，就算你请的。"

"哼！这才像话。"

祖林这个刚才表现得那么体贴、宛如兄长的人现在不知怎么，全不把彼得卢沙放在眼里。看到彼得卢沙已醉醺醺地，昏昏欲睡了，竟不知适可而止，还在海阔天空地聊着，并吹嘘自己如何如何。彼得卢沙忍无可忍，再也不顾什么绅士体面了。

"对不起，失陪了，我先走一步。"

"何必那么急？慢走，我们不是谈得正高兴吗？"

祖林准是赢了钱，得意忘形，竟拉着一个疲惫欲死的醉汉啰唆不休。彼得卢沙甩开他的手，觉得祖林实在太不识相，当初真是错把他当好人了。

"祖林兄，你自己要待多久就待多久吧，恕不奉陪。啊，老仆萨威里其一定早就回来了，我得赶回房去。失礼之处，下次补赎。"

祖林这时似乎良心发现，跟在匆匆离去的彼得卢沙后，搀扶着摇摇欲坠的他回房去。

延伸思考

【语言描写】狡猾的祖林故作姿态，他才盼望着彼得卢沙来付账呢．

名家点评

彼得卢沙遇到了一位气质优雅的高个子，一开始彼得卢沙对这个人充满了仰慕之情。这个人叫祖林，是来这里募兵的。在祖林的怂恿下，彼得卢沙和祖林玩起了撞球的游戏，结果输了很多钱。彼得卢沙逐渐认清了祖林的真面目。

无知的教训

名家导读

彼得卢沙和祖林在一起喝得大醉，萨威里其忠心的照顾着自己的小主人。到了第二天，祖林派人来索取昨天彼得卢沙输掉的一百卢布，这使萨威里其大为惊奇。作为忠实的奴仆，他会同意把钱支付给祖林吗？

"少爷！你这是怎么了？"萨威里其一等祖林走出房门，就大声嚷着。

"吵，吵个什么劲？该死的老头！"彼得卢沙恼羞成怒，"不关你的事，给我滚远点，自己去睡……萨威里其……扶我上床去！"

"少爷，瞧你这狼狈样子，我好心疼呀！为什么呢？怎么会这样呢？"

"闭嘴！好了好了，少说两句可以吗？明天……"

萨威里其也不再说什么，慌忙伺候呵欠连连的小主人上床。忠实的老仆放不下心，恐怕彼得卢沙半夜起床，所以就歪靠在彼得卢沙房里的沙发上，以便随时照料。

第二天早晨，彼得卢沙一张开眼睛，才发觉口干得要命，头也昏昏沉沉的。"鬼迷心窍似的，窝囊透了，竟被那个老油条耍得团团转，输得好惨。一百零二个卢布！怎么办？多希望这只是一场梦呀！"

正当他胡思乱想的时候，萨威里其进来了，手上捧了

延伸思考

【细节描写】这句话表现了萨维里其作为彼得卢沙的奴仆，对主人非常的体贴。

一杯茶，还未送到彼得卢沙手里，就开始不断轰炸：

"太早了哇，你放荡的时候还太早哇！你祖父并不是酒鬼，你父亲也没有酗过酒，你母亲——可敬可爱的夫人——她仅仅喝点可瓦思（俄国人用裸麦芽或面包屑等酿制的一种清凉饮料，稍带酸味），连甜酒都不沾唇的呀！而你——太丢脸了，这究竟是谁造成的？哦，我想起来了，就是你那个法国家庭教师，他经常向女管家哀求：'给我一杯伏特加'我猜准是他带坏你的。老爷啊！我们自己人难道带不好彼得卢沙，竟叫一个外国人来毁了我们的孩子……"

"我不喝茶——昨天你还训得不够吗？"彼得卢沙大耍少爷脾气。

【语言描写】长期依偎在父母的身边，再加上彼得卢沙的贵族身份，使他养成了不讲理的少爷脾气。

"看你，胃口弄倒了吧！你的脑袋也不会好过的，浪荡的滋味尝到了吧！以后还敢不敢？"

萨威里其刚转身出去时，就进来一个小孩，手里拿着一封信，犹豫了一会儿，才递给彼得卢沙，彼得卢沙拆开一看：

亲爱的彼得卢沙：

请您将昨天欠我的一百卢布（另二卢布算我请您吃晚餐的费用），交由我的僮仆带来。我手头很紧，正等着用呢。

你忠诚的祖林 敬上

彼得卢沙装作若无其事的样子，向一手拿蜜水，一手拿酒，刚进门来的老仆说："付给他一百卢布吧！"

【表情描写】彼得卢沙内心其实是非常慌张的。但是，为了表现自己的绅士风度，他故作镇定。

"什么？为什么？"萨威里其惊奇到了极点，几乎把手上的东西震落。

"我输了钱。"彼得卢沙仍不动声色。

"输钱？"萨威里其简直要跳起来，"少爷！什么时候？我怎么不知道？我没看到呀！我不相信！无论如何，我拒绝付出这笔钱。"

彼得卢沙虽然自知理亏，但也想摆脱萨威里其的管束，所以假装很生气地说：

【表情描写】一百卢布可不是一个小数字，当这位忠实的老仆听到要把这笔钱给别人时，我们可以想象他惊奇的程度。

延伸思考

【语言描写】
彼得卢沙又开始耍起自己的少爷脾气了。

延伸思考

【细节描写】
可怜的萨威里其对于彼得卢沙的少爷脾气也是无可奈何，在据理力争无效后，他打算屈服。

延伸思考

【神情描写】
彼得卢沙对于萨威里其的啰唆感到厌烦甚至愤怒了。

"萨威里其，怎么了，输钱还钱，天经地义，你跟我闹什么别扭？"

"不管你怎么说，我不付，就是不付，钱在我这里呢。"

"嚇！死老头，爬到我头上来了？我妈怎么交代你来着？"

"竟拿夫人来唬我，我才不理呢！你妈答应我放纵你挥霍？"

"岂有此理，你是奴仆，我是主人，奴仆怎敢违抗主人的命令？我输了钱，就必须还，难道还能抵赖不成？快给，别啰唆！"

可怜的萨威里其这时真是欲哭无泪，转身好像要去拿钱，没走两步又停了下来。

"你又停下来干吗？去呀，去拿呀！"彼得卢沙愤怒地催促着。

没想到，萨威里其转过头来，彼得卢沙这才发现他已老泪纵横，像个小孩子似的抽泣着。

"少爷，我本来不想再多啰唆，"他用颤抖的声音断断续续地说，"不过……请，请听我说几句吧：写信给那流氓，说你只是玩玩，不是当真的，而且，而且我们也没带那么多钱。一百卢布！仁慈的上帝！"

"你在那里胡扯什么？可笑，我彼得卢沙还不起吗？别把我的脸丢光了。马上把钱付清，不然我可要撵你走啦！"

萨威里其看小主人真的发火了，吓得噤若寒蝉，连忙照办不误。

眼望小孩拿了钱飞跑出去的背影，彼得卢沙不禁吁了一口气。

"财去人安乐。总算叫萨威里其知道了我的厉害。这老顽固，一直把我当孩子，如今，该晓得我并不是乳臭未干的小伙子了吧。瞧我出手多么大方，眉头都不皱一下，看那老头，一百卢布就把他吓倒了。"

萨威里其刚才被彼得卢沙的少爷声威震慑住了，一时唯唯诺诺，全听他的，等赌债被拿走后，才又恢复一点尊严。其实，彼得卢沙往常也像尊敬亲爷爷那样尊敬他，只是今天不知怎么了，也许被黄汤灌迷糊了，竟对他大肆咆哮，叫他伤心透顶。

"彼得卢沙，马上走吧，不要再待在这个鬼地方了。"

萨威里其好恨这家旅馆，他自己就赶快出去办手续，吩咐车夫备马。过了一会儿他回来后发现彼得卢沙还赖在床上，没有要走的迹象。

"我的好少爷，快快离开这块伤心地为妙，否则那个骗子也许贪得无厌，还想再捞一笔。"

"你说祖林？对了，我还没向他辞行哩。"

"小糊涂蛋，这样天真，他是什么样的人，你还看不出？"

"这是礼貌呀！"

"跟那种人还谈什么礼貌？你最好来个不辞而别，聊作无言的抗议，让他也晓得你并不是好欺负的。"

就这样，主仆两人都带着懊丧的心情匆匆离去。

【语言描写】这句话说明彼得卢沙仍然很幼稚，对祖林的真实面目认识不清。

名家点评

祖林派人来索取彼得卢沙输掉的一百卢布，萨威里其坚决不同意付给祖林。但是，小主人彼得卢沙碍于自己的贵族身份，再加上对祖林的面目认识不清，坚决要付给祖林。两个人发生了激烈的争执，最后，萨威里其被迫妥协了。

雪地救起的一条命

名家导读

萨威里其老人对自己未能恪尽职守的照顾好小主人而深深的自责,在彼得卢沙的安慰下,心情才稍稍平复了些。他们驾车行驶在荒凉的原野上,暴风雪随时可能来临。他们能顺利地到达目的地吗?

延伸思考

【情节描写】经过这次事件以后,彼得卢沙也算得到了教训,他变得成熟了。

彼得卢沙在车上一直沉默不语,悔恨开始侵蚀他的心了,一百卢布在当时是个很大的数目,想想看,两人一餐大菜,所费不过两卢布,一百卢布几乎可供半年零花了。祖林那个家伙,一开始就打定坏主意,算准他年幼可欺,就狠狠敲他一把。啊!愚蠢的后果竟然这样严重!不过聊可告慰的是,从此他再不会轻易相信人,尤其是故作一见如故的陌生人。

可怜的萨威里其,要怎么样来安慰他老人家?看他愁容满面的,彼得卢沙开始着急了,他想:"还是由我先开口吧。"

"萨威里其,刚才恕我言重了,惹你生气,请看在父母亲的面上,原谅我。"

"这是说哪里话?"萨威里其一听少爷这样一讲,马上接腔,"彼得卢沙呀,我不是生你的气,我是在生自己的气。临走时夫人是怎么嘱咐我来着?我真该死,把你一个人撂在旅馆里。我回去怎么有脸见主人主母呢?想想他们对我多好呀，惜老怜贫的，粗活儿都不忍让我去干，就给我带少爷的美差。当他们知道他们的孩子又狂赌又滥饮的，该多痛心，一定后悔托错了人啦。我真该死，呜呜呜……"

这忠厚的老人竟哭起来了。彼得卢沙只好婉言劝慰："老爷子，别哭了，你哭我也想哭。嗯，这样好吧！以后非经你的允许，一戈贝我都不乱花。不相信？我发誓：彼得卢沙从今戒绝浪费，在萨威里其的同意下，审慎用钱，不然被困在风雪中冻死、饿死。"

"快别这么讲，多不吉利，要知道我们还有好一段路要赶。更何况现在已是秋末，随时会碰上暴风雪的。"

"大概不会那么倒霉。老爷子，好了吧，拭干了泪水，笑一笑。"

萨威里其经小主人这么一劝一哄的，任何芥蒂都没有了，但仍然心有不甘地嘟囔着："一百卢布！不小的数目哇！"

"老爷子，又来了！"彼得卢沙近乎哀求地说。

他们距目的地奥伦堡越来越近，旅途的寂寞也越来越深。因为经过的地方多是荒凉的原野，平添了许多凄清的味道。这时已近黄昏，大地的一切在雪的笼罩下显得静悄悄的。马车沿着前车的轨迹前进，车夫忽然转过头来问道：

"老爷，您答应我折回去吧？"

"什么道理？"

"天气变坏，起风了，雪将大下一阵的。"

"这有什么关系，现在奥伦堡是隆冬。"

"您看那边，老爷！看到了吗？"车夫用鞭子指向东边的天空。

"万里无云嘛！"

"老爷，请注意看，那朵云！"

"不错，是有一小片云，我还以为是远处的山呢。"

延伸思考

【语言描写】萨威里其受到彼得卢沙父母的恩惠，对彼得卢沙非常的忠诚，可见，他是一个善良的人。

延伸思考

【语言描写】萨威里其对无缘无故失去了一百卢布，仍然感到非常的惋惜。

延伸思考

【景色描写】通过描写荒凉的原野，突出了当时主仆二人凄凉的心情。

【延伸思考】
【心理描写】
经验丰富的车夫对彼得卢沙的话显然并不信服。

【延伸思考】
【动作描写】
车夫对他们的这次冒险并不看好,他似乎有了不祥的预兆。

【延伸思考】
【表情描写】
由于自己的任性和无知,才使三人处于进退不得的境地,彼得卢沙也很懊悔。

"那朵云就是暴风雪的预兆哩!"

"别吓唬人吧,虽然我听说过这一带暴风雪的可怕,有时甚至整队货车都被突起的风雪淹没,但不会在这个季节吧?"

"这可不一定。"车夫迟疑起来。

"少爷,我们还是听车夫的话,掉转马头,回到前面的村庄去比较妥当。"年纪大的人顾虑多,萨威里其也劝彼得卢沙不要冒险。

"风并不大嘛,现在已来到中途,到下一站或折回去的路程差不了多少,我们快点走,在暴风雪前一定可赶到。"

车夫一面快马加鞭,一面默默祈祷厄运不要加在他们的头上,大伙儿最好能躲过这一场暴风雪。

风儿却不从人愿,一会儿就变大了。雪开始下起来,也是由小变大,到后来简直像雹子似的。

"老爷!"车夫嚷着,"我说得没错吧?我们正碰上了要命的暴风雪!"

马真是最肯吃苦的动物,它在冰天雪地中仍勇敢地担起负载人的任务,一刻也不停歇,但是驾御它的车夫却把握不住方向,勒令它止步。

"你为什么停下来?"

彼得卢沙焦急地问车夫。车夫从车上跳下,回答:

"怎么走哇?四周黑漆漆的,不知道究竟走到哪里了?"

"真笨,你是干什么的?竟用这种话来搪塞我?"

"少爷,不要逼人太甚,"萨威里其帮着车夫说话,"你早先听他的话就好了。现在进不得也退不得。谁叫你这么匆匆忙忙的,我真不明白,这是为什么?"

萨威里其不断埋怨着。彼得卢沙自知理亏,一声不响,光在那儿唉声叹气。彼得卢沙向四面看看,想发现有没有可避风雪的地方,可是除了白茫茫的一片外,什么也看不到。

彼得卢沙着急、惶恐，可是又想不出什么避难解危之策，突然——

"喂，车夫！"彼得卢沙嚷道，"那边，那边有一团黑黑的东西！"

车夫随着彼得卢沙的手指处望过去。

"老爷！什么也没看到呀。有了，果然——不像马车，也不会是树，它会飘动呀，恐怕是狼，会是人吗？"

"到那边看看吧，如果是人，就更应该赶快去救。"彼得卢沙下令。

车夫挥鞭催马急驰，一会儿就驶近。原来是跌倒在雪地上的流浪汉。萨威里其跟车夫在彼得卢沙的催促声中，把他拖上马车，才发现他已奄奄一息。

延伸思考

【心理描写】从未出过远门的彼得卢沙，面对如此恶劣的环境，又能想出什么好办法呢？

名家点评

彼得卢沙向萨威里其保证以后一定改掉任性、浪费的毛病。他们在荒野上行驶。车夫预计可能会有暴风雪，建议原路返回村庄。但是，任性、自以为是的彼得卢沙却坚持继续前进。结果，他们真的遇上了暴风雪，在暴风雪中，他们救起了一个流浪汉。

1. 萨威里其在为何事耿耿于怀？
2. 车夫为什么建议原路返回村庄？
3. 彼得卢沙为什么拒绝了车夫的建议？

黑　店

名家导读

彼得卢沙和萨威里其在雪地里救起了一名冻得奄奄一息的流浪汉。经过他们的紧急救治和照顾，流浪汉总算逐渐清醒了过来。这名流浪汉是何许人也？他为什么会出现在冰天雪地的原野呢？

彼得卢沙脱下狐皮大氅，盖在他身上。萨威里其拿起酒壶往他的嘴里猛灌。车夫按摩他已冰冻的四肢。三个人忙了一阵子，好不容易才把昏厥的人救活。

"谢谢你们。"他用微弱的声音嗫嚅着。

"甭谢，先安静休息一会儿。"彼得卢沙怜惜地看着他。

"我要怎么感谢你们？"他仍然喃喃不绝。

"不要说了，你都快死了。"萨威里其打断他的呢喃。

"我，我实在没有什么。"流浪汉挣扎着坐直身子，勉强迸出这句话。

"还逞强哩！有种为什么会倒在雪地上？"

"我是醉倒的，我自己会爬起来。"流浪汉仍不甘示弱。

"啰唆个什么劲儿，我们不会指望你报答的。"萨威里其没好气地顶他。

"不是这样说，你这个人……"

"我怎么样，我还不好呀！要不是我，你早就冻死了，还要我怎么样伺候你？"

【语言描写】萨威里其对这个流浪汉的喃喃不绝显然已经不耐烦了。

"萨威里其,你怎么老是这个毛病,一张嘴从不饶人。"彼得卢沙一面指责老仆,一面抚慰流浪汉。

"别听他胡扯,他就是这副脾气,嘴上厉害,但是心眼儿却蛮好。幸亏我眼尖,发现得早。现在没事了,等这阵暴风雪过去,我们再找家客栈休息。"

"我们少爷真是菩萨心肠,对这种人还讲什么客套话,他呀!说不定是强盗窝跑出来的呢!"

"闭嘴,别自作聪明,冤枉好人。"

延伸思考
【语言描写】年少的彼得卢沙涉世未深,对这个人的身份想得很简单。

"好,我不说就不说。这么大个人,谁能把他伺候得服服帖帖的?"

萨威里其果然闭起了嘴,任凭彼得卢沙怎么逗也不开口。过了两三个钟头,风雪才稍微小了,那个流浪汉突然对彼得卢沙说:

"少爷,不,老爷,我对这个地方很熟,可以为你们领路。在这样的天气下是很容易迷路的。现在星星出来,我们可以走了。"

"那太好了,我原以为要在荒野过夜了。"彼得卢沙高兴地说,"那么,车夫,准备吧。"

流浪汉神志清醒后,恢复得很快,只见他一站起身来,就跳到前面驾御者的位子,向车夫说:

延伸思考
【动作描写】动词的连续运用,把流浪汉上车驾车的过程写得详尽真识。

"客栈就在不远的地方,向右驶去!"

"咦,我为什么要听你的?"车夫对他的行为不满起来,"你知道在哪里?你想,马是我的,缰绳在我手上,你凭什么下令?回你的座位去!"

"汉子,"彼得卢沙插嘴,"你怎么知道附近有客栈?"

"这里方圆八百里我都走过,所以敢肯定地说。老爷,不信您走着瞧。"

"走吧,听他的好了。"

彼得卢沙因他坚决的语气,相信他的推测。

雪已下得很深,马再也不能奔驰,只好一步一步地走着。车子慢慢往前挪,颠簸得很厉害,仿佛在波涛汹涌的

延伸思考
【细节描写】这句话把车子在厚厚的雪地里艰难前行的场景写得很逼真。

大海中航行的小舟。

萨威里其年纪大，筋骨松懈，实在受不了马车劳顿，不断地呻吟着，随着车子摇来晃去，不时碰到彼得卢沙的腰部。

"少爷，对不起哪，我不小心，碰痛了你没有？"

"没关系，你打一会儿盹儿好了。"

"哪里可能呀？这要命的车子，我这把老骨头怕要被它震散了，怎么得了哇！"

"没那么严重，老爷子，别言过其实。看，就到了。"

车一到客栈的栅栏边，大家以最快的速度进去。天气实在是太冷了。

这家小客栈的老板看来是乌拉山区的哥萨克人，约摸六十岁。客栈虽很小，倒也收拾得蛮干净的。屋里点着松明，墙上挂着一杆枪和一顶高高的哥萨克帽子。

"我们的向导呢？"彼得卢沙问萨威里其。

萨威里其还没回答，就听到："在这里，老爷！"

彼得卢沙抬头一看，才发现那个流浪汉已爬到阁楼上。

"朋友，你好点了吧！"

"我本来就没怎么样嘛。"这个人倒嘴硬，但马上软了下来，"不瞒您说，我只穿一件长棉袍，俺原来有一件皮袄，但是昨天当掉了。嗯，抵押给酒店老板。我哪里想得到这鬼天气会变得那么快？"

不久，主人就拿来响着沸腾声的撒莫瓦耳。

"下来吧，我们喝一杯。"彼得卢沙招呼那个流浪汉。

这时彼得卢沙才发现他实在是一条好汉，一条真正的江湖好汉，仅从外表看就可知道。

彼得卢沙看得几乎愣住了，才递给他一杯茶。他接过去，尝了一口，忽然做了个鬼脸，可见他虽年逾不惑，却有一颗童子之心。

"老爷请您叫他们给我一杯烧酒——因为，"流浪汉不好意思地咽了一下口水，"茶不是我们哥萨克人的饮料。"

延伸思考
【动作描写】
雪地上长时间艰难的行车让他们吃尽了苦头，现在客栈对他们来说无疑是一个温暖的港湾。

延伸思考
【场景描写】
寥寥数语，作者为我们展现了一个虽小但却精致的客栈。

延伸思考
【动作描写】
通过一连串动词的运用，表现了流浪汉鲜明的性格特征。

彼得卢沙生性慷慨，"老板，给他来一杯。"

老板从柜里拿出酒瓶、杯子，慢腾腾地走过来，跟那个流浪汉眨眨眼：

"嘿嘿，你又回来了，上帝从什么地方把你带了来呢？"

那汉子也闭起一只眼，递给对方一个意味深长的眼色，说着：

"鸟在田地飞，猛啄大麻，老祖母丢了一块石子，没有击中——好，你们如何？"

"我们嘛，"老板也用隐语回答，"有人要打晚祷钟，牧师的太太不答应，那时牧师正在座——魔鬼在坟地冷笑……"

流浪汉警觉地不断眨眼睛，"下雨后野草快速地长，野草要用篮子，但是斧头藏在背后，因为管林的老爷来了。祝你幸运！"

他在胸前画了一个十字，举起酒杯，一饮而尽，向彼得卢沙作了个揖，就爬上阁楼去了。

彼得卢沙简直被他们搞糊涂了。管林的老爷又是谁？魔鬼是谁？

吃晚饭的时候，流浪汉与老板又是黑话连篇。萨威里其狐疑地听着，时而看看黑胡子，时而看看老哥萨克一点都不掩饰对他们的厌恶感。彼得卢沙惴惴不安，生怕鲁莽的老仆爆出一句不中人家听的话，惹恼了他们，一再向他使眼色。

这家客栈兀立在荒野中，真像盗贼的贼窝。他们满腹疑团，但发现那两个人并无恶意，相反的，倒很喜欢开玩笑，餐桌上一直嘻嘻哈哈的。而且，如果真是家黑店，盗贼的党徒一定很多，他们一老一少，手无寸铁，凭什么跟人家斗？但萨威里其又想："不可能，我们还是他的救命恩人呢，也许黑胡子不是他们一伙的，那么就不能有恃无恐了。哼，强盗还讲什么义气？啊，难道他刚才装假？瞧

延伸思考

【细节描写】通过对汉子眼神的描写，表现了这可能是他们之间的暗号。

延伸思考

【语言描写】不知所云的隐语，为流浪汉和店老板的身份增添了一份神秘。

21

他那么壮实，虽因醉酒，倒在雪地上也不大可能。对，这是个陷阱，都怪少爷太好心，也不能怪他，总不能见死不救吧！"

萨威里其一个劲儿在那里胡思乱想，也不敢跟彼得卢沙讲，怕把少爷吓着了，他希望一个人来对付不知藏在何处的强盗。

延伸思考

【心理描写】感觉身处险境的萨威里其还时时刻刻担心彼得卢沙的安全，这表现了他的忠心。

名|家|点|评

被彼得卢沙救起的流浪汉逐渐清醒了，他表示自己知道到客栈的路，可以带大家离开雪地。在这名流浪汉的带领下，他们来到了一家客栈。这家客栈的主人和这名流浪汉在用隐语交谈，这让萨威里其似乎感觉到了危险。

1. 被救起的流浪汉是如何清醒过来的？
2. 谁带领他们到达客栈的？
3. 萨威里其为什么感觉这可能是一家黑店？

永远的感激

名家导读

第二天，主仆二人准备出发。店主人只要了一点小数目的钱，这证实了这的确不是黑店，疑虑就这样被打消了。任性的彼得卢沙要给流浪汉半卢布的酒钱，以示酬谢。萨威里其会同意吗？他能说服彼得卢沙吗？

夜深了，他们都准备睡觉，不久，屋子里充满了此起彼伏的鼾声。

此时的彼得卢沙疑惑稍释，他想：如要抢要杀早就动手了，还等待什么？

睡眼蒙胧中，天亮了。简单地用过早饭，主仆俩整装待发。彼得卢沙向老板问住宿费多少，他只要了一点小数目，使得最爱讨价还价的萨威里其也无话可讲。这一来，萨威里其跟彼得卢沙整夜的疑团都消释了，这并不是个强盗的巢穴，而是家要价公道的客栈。

"给他半卢布，谢谢他带领我们到这里来避难。"这时那个流浪汉正要跟他们互道珍重。

"半卢布酒钱？"萨威里其再度被少爷所惊倒："凭什么？我们救了他，把他载到这里，又请他喝酒、吃饭，没向他要酬劳已很不错，竟要倒贴他！这我可不干！"

"萨威里其，不要处处跟我作对，人家要走了，快给！"

"少爷，你忘记了吗？你答应过我，绝不浪费，绝不

延伸思考

【情节描写】事情的发展证明这根本不是黑店，而是一家正规的客栈。可是，昨天的隐语又是怎么回事呢？

再做冤大头。"

"好，我不能失信于你，但，如果你舍不得，那么把我的兔皮裲子送给他，他穿得不够暖和。"

"看在上帝的面上，可怜你的忠实的老仆吧！"萨威里其哀求道，"不要老是滥做好人！你那珍贵的皮袄，对他有什么帮助？这条脏狗一到第一家酒店，就会把它喝掉！"

"喝掉不喝掉跟你不在乎一点关系都没有，老头，"黑胡子倒是蛮大方的，"人家大爷慷慨地赏赐我，你作什么梗！"

"强盗！你不敬畏上帝？"萨威里其愤怒至极，破口大骂，"我早知你不是好东西，贼眉贼眼、鬼头鬼脑的！我们少爷是个不懂事的孩子。呸！还有我呢，幸亏我挡着，不然你恐怕要上前来抢了！也不撒泡尿看看自己是副什么德性！笑话！你穿得下吗？"

"请你，萨威里其，我恳求你，不要再争论下去，马上拿出来！"

"上帝呀，那件兔皮裲子还很新呢！你随便送给什么人都行，假若要你送这个下流的酒鬼，可太便宜他了！"

萨威里其也知道彼得卢沙的牛脾气，知道争辩劝导都没有用，所以就照办了，但还装着勉勉强强的样子。

"看你怎么穿！"

萨威里其带着恶作剧的笑。黑胡子很聪明，马上想出通融的办法，他先拆开肩膀缝线，再穿上去，倒也没什么不合身。萨威里其听到了缝线的断裂声，嘴角的嘲讽之意更浓了。

黑胡子乐坏了，得到这么一份贵重的谢礼。他陪送着彼得卢沙，一直走到马车旁，恭恭敬敬施上一礼：

"谢谢，老爷，愿上帝保佑您，我永远不会忘记您的恩德。"

延伸思考
【语言描写】看来老实忠厚的萨威里其真的是发怒到了极点，他被流浪汉的话彻底激怒了。

名|家|点|评

彼得卢沙和萨威里其准备离开这家客栈。这时，彼得卢沙提出给流浪汉半个卢布，用来酬谢他把他们带到这家客栈来。

刺猬手套

名家导读

彼得卢沙历尽艰难，终于到达了奥伦堡，他的心情非常激动。彼得卢沙见到了父亲的老友——安得烈将军。安得烈将军读了彼得卢沙父亲的信件，他会对老友的爱子做出怎样的安排呢？

就在前面了。彼得卢沙开始兴奋起来。紧张、害怕、憧憬，很多种感觉混合在一起，使他简直坐立不安。

目的地奥伦堡终于到了。彼得卢沙一刻也没耽搁，马上去见安得烈将军。

在将军官府邸里，彼得卢沙看到一位高大但驼背的老人，有浓重的德国口音，显然曾派到德国受训或驻守过。彼得卢沙深深一鞠躬后，恭恭敬敬地递上信函：

"安得烈将军，这是家父嘱咐我交给您的。"

将军一言不发地接过去，看也不看彼得卢沙一眼，就迅速地打开信封，瞥见安德烈·格里涅夫的名字后，才抬起头来，带着笑容，凝视着彼得卢沙：

"我的上帝！仿佛在不久前，安德烈还是像你一样的年龄，转瞬间他的儿子已长得这么高大、英俊！时间过得多么快呀！"安得烈将军摸摸自己的皱脸与白发，感叹说，"真是岁月催人老，长江后浪推前浪呀！"

"老伯精神矍铄，怎么说这样的话？"彼得卢沙客

延伸思考

【心理描写】
经过艰难的长途跋涉，马上就要到达奥伦堡了，彼得卢沙既兴奋，又有对未来的向往，心情很复杂。

延伸思考

【表情描写】
由此可见，安德烈在安德烈将军心中的地位还是很高的。

套着。

"刚步入老境的时候,确实不服老,但是眼看着年轻小伙子一个个冒出头来,不服也得服呀!你老远地赶来,一路上还好吧?"

"托老伯的洪福,除了碰上一场大风雪外,大致还好。"

"你父亲多年没见,别来无恙吧?还有你母亲呢?"

"家父和家母都很健康。"

"哈哈,安德烈有这么一个文质彬彬的儿子,真是太幸运了,当然也是他们老两口调教有方呀。"

宾主寒暄了一阵后,将军请彼得卢沙就座,然后读信,断断续续地念着:

"'最敬佩的安得烈将军:久未奉函请安,至以为歉。'——干吗这么客套呀?真要让我起鸡皮疙瘩,当然,咱们军人是最讲究纪律,他该不会忽略,但是写给老朋友也要这么拘礼吗?——'阁下还记得那段光辉灿烂的日子吗?我时时萦回脑际,总觉得二十年前的往事恍如昨日。'——这个嘛我也有同感哩!——'在那严厉的米尼赫元帅的训练下,我们一个个都成了保国卫民的健儿……卡罗琳嘉小姐的风姿梦寐难忘……哈,亏你还记得,安德烈呀,你不是吃足了她的苦头?哼,也没什么好怀念了,现在还不是跟我们一样苍老?言归正传了,彼得卢沙,你听着!——'小儿未曾远游,少不更事,拜托您对他……噢噢,什么'把他放在刺猬手套里'?这是比喻什么?我忘记了这成语的意思,哈,'刺猬手套'?"

念到这里,将军就抬起头来,用眼睛询问彼得卢沙。彼得卢沙一方面是由于稚气未脱的顽童促狭心理,一方面为了保护自己,才故意曲解他爸爸的意思:

"我知道,'放在刺猬手套里'的意思就是,好好儿照顾,不能太苛求,给他自由与温暖。"

"哦哦,我懂了,严加管束,不要放纵,彼得卢沙,

【细节描写】
通过这一细节可以看出,彼得卢沙的父亲和安德烈将军的关系非常要好。

【神态描写】
将军可能认为彼得卢沙一定知道"刺猬手套"的意思吧。

你可不要骗老伯哦，你爸爸所谓的'刺猬手套'显然不像你刚才解释的——'附上他的身份证，'——你的护照呢？好，放在这里——'请通知谢苗诺夫军团，'——哦，我一定会为你儿办妥——'诸事劳神，尚祈见谅是幸。纸短情长，书不尽意，祝您安康，孩子的母亲也问候您。——哈，又转到老调了——'深深敬佩您的安德烈·格里涅夫谨上。'"

老将军夹叙夹议，有时自言自语，有时对遥远的老朋友格里涅夫讲，有时对坐在一旁的彼得卢沙讲，使彼得卢沙听得头晕起来。他想了一会儿，然后拍拍彼得卢沙的肩膀：

"你要从谢苗诺夫军团移调到我们的军团来，这个我会为你办好移转登记。彼得卢沙，那么，我马上派你到佩洛格斯克要塞去，明天就出发。那里的司令米洛诺夫上尉是个诚实可靠的人，你在那儿会成为一个真正的战士，学到军人要学的一切。在奥伦堡，你根本无所事事，如果我不是受你父亲的重托，就随便把你搁置在这里，徒然叫你虚度光阴，那多残忍！"

"多谢老伯。"彼得卢沙言不由衷地应着。

"今天，你就留下跟我一块儿吃顿便饭。"

"不敢打扰。"彼得卢沙还想推辞。

午餐简素异常，彼得卢沙简直食不下咽，他恍然大悟。

"说得好听，什么怕耽误我的前程，其实呀，还不是怕我分你寒酸的食粮。因为我是你老友的儿子，你不好意思不请我吃饭，可是受过德国教育的你吝啬到家——倒霉！父亲跟他的情谊早就中断了。咳！我一生下来就隶属于谢苗诺夫军团，就是神气的皇帝亲兵。偏偏父亲一定要我建功立业，要我到奥伦堡来，连温暖的堡垒也待不了，竟一下子就把我派到荒凉的吉尔吉斯草原边佩洛格斯克要塞去，那里更加接近鞑靼人了。"

年幼无知的彼得卢沙一个劲儿往歪处想，竟兀自在那

【情节描写】安德烈将军把彼得卢沙安排带佩洛格斯克要塞，是想要彼得卢沙得到更多的锻炼，也不负老友的嘱托。

【语言描写】彼得卢沙对安德烈将军的安排显然并不理解，也不满意。

【心理描写】彼得卢沙对安德烈将军很不满意，甚至，对他产生了误解。

里怨天尤人。从安得烈将军那儿告辞后，一看到老仆萨威里其，就大声喊冤：

"爸爸想错了，以为他的老朋友会特别照顾我，哼，真的特别照顾了，把我们往死路推！萨威里其，我们怎么办？"

"少爷，你可别这么想，将军对你也没有恶意。立功边疆是少年人应有的志向，况且你们贵族，每个家庭本应该有一两个挺身出来，到第一线去，用血汗保卫祖国，这不是你们应尽的义务吗？"

"别说了，瞧你，一把老骨头都不晓得有没有归葬故乡的一天！"

"少爷，你别看不起我呀，我萨威里其虽然老迈无用，但为国牺牲，虽死犹荣。我希望少爷勇敢一点，做个男子汉，也不枉我从小带你一场！"

"谢谢你的提醒，我只是一时糊涂，以后再不想那些无聊的事儿，也绝不讲这种傻话了。"

"这才对呀！"

第二天，彼得卢沙向安得烈将军辞行后，就跟萨威里其乘马车启程了。

佩洛格斯克距离奥伦堡有四十公里之遥。他们沿着曲折的乌拉河走着。河的对岸就是广大的吉尔吉斯草原，草原上住着游牧民族。

延伸思考

【语言描写】萨威里其的见解显然比年幼的彼得卢沙成熟的多，他能理解安得烈将军的良苦用心。

延伸思考

【语言描写】萨威里其的劝告，使涉世未深的彼得卢沙改变了自己的错误的看法。

名|家|点|评

安得烈将军读到了老友的来信，他对信中提到的"刺猬手套"感到不解，彼得卢沙故意曲解这个词的意思，睿智的安得烈将军识破了他的小聪明。安得烈将军把彼得卢沙安排到了佩洛格斯克要塞，以使他得到更大的锻炼。但是，年幼的彼得卢沙并不理解，他对这个安排很不满意。

有名无实的要塞

名家导读

彼得卢沙来到了佩洛格斯克要塞。要塞的荒凉和落后和彼得卢沙想象中的要塞相差甚远,这使彼得卢沙大失所望。彼得卢沙见到了长官米洛诺夫了吗?忠厚的萨威里其为什么感到非常不耐烦呢?

【对比手法】通过对彼得卢沙想象中的要塞和实际的佩洛格斯克的要塞相对比,表现了彼得卢沙失望的心情。

已近薄暮时分,马走得非常快。

"佩洛格斯克要塞还很远吗?"彼得卢沙不耐烦地问车夫。

"就快到了哩。噢,已经看得到了。"车夫欣喜地回答。

彼得卢沙也高兴起来,一路上他想像着深沟高垒、城楼堡寨及肃穆森严的守卫阵容,但是当他向最后的目的地四面瞧瞧,却大失所望。原来这里只是个小村落罢了,除了四周围着一跃即可跳过的木栅外,跟其他落后的村子并无不同之处。

"炮台呢?每个要塞不是有很多炮台吗?"彼得卢沙惊奇地问车夫。

"就在前面。"车夫随便一指,答应着。

"这个呀?这算什么?"

在栅门边,他们看到一尊生铁制的大炮,炮身锈迹斑斑,有的地方甚至已剥落。

"载我们到要塞司令那儿去吧!"彼得卢沙对车夫说。

没多久，车子就在一间木屋子前面停下了。"这家就是。"车夫说。

彼得卢沙主仆下了车上前敲门，立刻有个老太太应声而出。那声音充满了愉悦：

"有什么事吗？"

"我是新派来的军官，现在来向长官米洛诺夫报到。"

"欢迎，欢迎！请进，请进！"

她一面说着，一面把他们让进客厅。"啊，我为什么一点都不知道哇？伊凡竟然不告诉我，说有个新军官要来了。"

彼得卢沙听她这么一说，就猜她八成是上尉太太。

"您是米洛诺夫夫人吧？"

"不敢，你甭客气——伊凡去拜访盖拉辛牧师，所以不在家。但没关系，我可以做主，我们会变成很好的朋友。请坐下！"她又看了一眼萨威里其，"还有这位老先生。"

客厅里有个独眼老人，正在做着缝补工作，彼得卢沙刚才差点儿把他当作上尉哩。还好，彼得卢沙没错喊。他好奇地问彼得卢沙：

"请问您，先生，您原来在哪一团服务？"

"谢苗诺夫近卫军团。"

"哦，那么，我请问您——为什么要调为驻防军？"

"这是我父亲的意思。"

"恕我冒昧，恐怕不是这个原因，您是否违纪了？"

彼得卢沙一听这鲁莽地发问，正要发作，却听到上尉太太喝止：

"胡扯什么？难道看不出这位年轻的先生已疲倦极了吗？人家不知从多远的地方赶到这里，你竟毫不体谅，还不快给他赔个礼！"然后她又对彼得卢沙絮絮叨叨地说，"孩子，不要过于忧烦，你慢慢就会习惯这里的。刚到一个陌生的地方，谁都会感到不便，这个我很了解。其实派

延伸思考

【细节描写】
彼得卢沙从这个人的言辞中，就判断出了这个人的身份，可见彼得卢沙越来越成熟了。

延伸思考

【细节描写】
对于这个人的不友好的发问，无辜的彼得卢沙非常生气。

延伸思考

【语言描写】
米洛诺夫夫人举士伐勃林的例子，大概是想解释彼得卢沙被误解的原因吧。

到我们这穷乡僻壤，你并不是第一个，相信也不是最后一个，可能以后还会陆续来报到的。士伐勃林已来了三个年头。他是因为杀人罪流放到这里来的。老天，他怎么会杀人哪？那么伶俐的一个孩子，多蠢呀！他跟一位同事闹翻，两个人就相约到郊外去决斗，结果一剑把对方给劈死了，所以呀……"

她讲到这里，忽然停顿下来，好像想到什么似的，叫道：

"帕拉士卡！我几乎忘了，还没给这位先生安排住所哩，你去找马克西姆来。"

然后又接下去说：

"我刚才讲到哪里呀？"

"您说有一个士伐勃林的……"彼得卢沙忙提示她。

"士伐勃林跟那个人决斗，他们用的是佩剑……"

延伸思考

【语言描写】
萨威里其对于米洛诺夫夫人的谈话也感到了不舒服。

"这个，太太，你早就讲过了。"萨威里其不耐烦地打断她的絮叨。

"对对，我讲过了那节，后来，后来嘛……士伐勃林就到咱们这里来，就说是惩罚他的野蛮。所以刚才我们老勤务兵伊万误以为你也跟他一样，真对不起呀！"

"这倒没什么我最反对决斗，真是我们俄国的耻辱，竟有这样野蛮的风俗，但也不怎么驯良，也可以说，父亲因要挫挫我的锐气，才把我送到这儿来的。"

"你也讨厌决斗呀？我以为你们年轻人都爱好此道，真是野蛮！两个人一言不合，就要拼个你死我活，有什么话不好好儿讲？非这样拿刀动武的？最可叹又可笑的是，友人在那儿厮杀，竟有两个证人在旁，眼睁睁看他们杀得天昏地暗"

延伸思考

【情节描写】
老太太终于找到了谈话的对象，所以他说起来没完没了。

这个胖墩墩的老太太真太健谈了，也许边境生活孤寂，所以一有谈话对象，就讲个不休，也不管人家爱不爱听。刚才她训斥伊万多嘴多舌，但对自己就没想到。啊，终于有点自觉，不，是这位巡逻兵进来，才提醒了她的。

32

他是一个年轻的哥萨克人，长得很健壮。

"上尉夫人，我在这儿听候您的差遣呢。"

"马克西姆，你去为我们新来的军官找个清洁的住处去。"

"是，我带他到彼列沙耶夫那儿，好吧？"

"不行，他那里已够挤了。我想想，哦，有了，让这位——先生，贵姓大名？"

"彼得卢沙·格里涅夫。"

"让格里涅夫先生到谢缪那儿住好了。"

"叫我彼得卢沙好了。"彼得卢沙谦让着。

"好。马克西姆，带路吧。彼得卢沙，跟他去。"

上尉太太交代得一清二楚，丝毫不含糊。

萨威里其站在那儿，早就等得烦死了，听她这一说，才松了一口气。

"咳，好不容易才算了结，这个长舌妇呀！"

彼得卢沙一跟上尉的太太告辞出来，萨威里其就这样埋怨着。

马克西姆领他们到了一间小屋。这是在村子尽头的河岸高地上。屋子的一半住着谢缪一家子，另一半分给彼得卢沙主仆两个。只一个房间，很凌乱。萨威里其一进去就忙着整理。彼得卢沙长吁短叹的，无心帮忙。老仆也不敢惹他，自己默默地将行李打开，再一样样地拿出，搁在应放的位置上。他全心全意安排一个舒舒服服、干干净净的窝，好让少爷歇息。

延伸思考

【语言描写】忠厚的萨威里其对上尉太太的絮絮叨叨感到非常不耐烦。

延伸思考

【心理描写】彼得卢沙从小娇惯，看到居住的环境如此简陋，感到非常的失落。

名家点评

彼得卢沙来到了佩洛格斯克要塞，要塞设施很简单，条件也很艰苦，这使他非常失望。米洛诺夫上尉的太太迎接了他们，这是一个非常健谈的人。上尉的勤务兵认为彼得卢沙是因为违反军纪被罚来到这里的，这让彼得卢沙很生气。他们最后被安排到了谢廖的住处安顿了下来。

温柔美丽的少女

名家导读

彼得卢沙还在为这里艰苦的条件而闷闷不乐,幸亏有萨威里其细致的照顾才使他的心情慢慢地好起来。士伐勃林突然来到了彼得卢沙这里,他对这里的人都指手画脚,尤其提到了上尉的女儿,说了她很多坏话。这让彼得卢沙感到很不舒服。事实果真如士伐勃林所说吗?

彼得卢沙从小窗望去,附近只有几间房子,这时有几只母鸡在街上悠闲地漫步,后面跟着一群小鸡,有一个老妈妈拿着饲料槽,站在门阶上,呼叫着猪仔。那些猪仔一面亲热地嗯嗯回应她,一面走拢来。

"天呀,这是什么所在?我竟充军到此!不知何年何月才能脱离!"

彼得卢沙心头的怨恨又起,当他看到这一幕光景,但又不敢向萨威里其抱怨,只好在心里嘀咕着。到了吃晚饭的时候,还高卧不起,任老仆怎么劝也不吃一口。萨威里其没办法,眼看着满桌饭菜,恨不得帮他吃了。

"少爷,你这样不行呀,会把身体弄坏的。多少吃一点也好,人要活着,就要吃东西,快起来,别磨磨蹭蹭的,耍孩子脾气!"

萨威里其简直束手无策,因为彼得卢沙不但不吃,连

延伸思考

【情节描写】看到小主人如此糟糕的心情,萨威里其感到非常的焦急,却又没有什么办法。

搭腔也懒得说，眼睛看着天花板，想着自己悲惨的遭遇。

"上帝啊，这可怎么好？这孩子颓丧成这个样子，竟饿着肚子不理不睬人家，我们夫人知道了要怎么骂我呀？万一闹出毛病来，可就不得了啦！"

隔了一夜，彼得卢沙总算好了一点，情绪渐渐稳定下来。早餐后，当他正在穿衣服时，有一位青年军官，连门都不敲一下，径自走进来。这军官中等身材，脸色忧郁，但却透露一股子说不出的劲儿，一见彼得卢沙就劈头劈脑地说：

"恕我冒昧，"这个青年军官用俄国上流社会爱用的法语说道，"没经人引见就来拜访你。我昨天一听到有个新军官要来加入我们的阵营，兴奋得一夜都睡不着觉。啊，终于找到谈话的对象，志同道合的伙伴了。你也许以为我太做作，但假如你在这儿待过一段时间就了解，我并没有巴结谁。"

彼得卢沙愣住了，"莫名其妙！"他嘟哝着，怎么有这种人？第一次见面就滔滔不绝地说着，叫人家没有一点插嘴的余地。他自我介绍（原来是士伐勃林）后，又自己一个人在那里自言自语：

"你看到上尉了没有？上尉太太呢？大概一来就碰上那个老太婆吧，实在太啰唆了，成天缠着人絮叨不休。当然她是有目的的，不是吃饱了没事干东家长李家短那一型的，说来也是一片慈母心。她呀，好笑死了，为她女儿做媒！哈，一个愚蠢无比的姑娘，模样儿倒是长得不错，就是脑筋不够用，痴痴呆呆，疯疯癫癫，谁对那种女孩有兴趣？上尉太太，母不嫌女傻，竟把主意打到我头上，可怜天下慈母心，怎么也不相信她的宝贝女儿嫁不出去。"

彼得卢沙对上尉太太的印象还不坏，听士伐勃林这么一损，竟有些动摇。但他看到士伐勃林那种指手画脚、唾沫横飞的样子，打从心里厌恶他，所以对他的话也打了个折扣。他只礼貌地搭讪着，觉得这种言辞浮夸的人还是少

延伸思考
【外貌描写】
这句话描写了这位军官的外貌，寥寥数语，却给我们留下了深刻的印象。

延伸思考
【心理描写】
彼得卢沙对这个军官的行为感到丈二和尚摸不着头脑，非常纳闷。

延伸思考
【语言描写】
看来上尉太太的唠叨在这里是出了名的。

惹为妙。

正当他这么想的时候，勤务兵伊万来了，请他到司令那儿去吃午餐。

"彼得卢沙，我反正也闲着没事，跟你一道去好了。"

瞧这个势利眼，刚才还说避上尉一家唯恐不及，听说有的吃时，竟又浮上水来。

彼得卢沙笑笑，也不说什么，算是默许。

他们便一同到司令家去，远远看到屋前的空地上排着二十个残废的老兵，正在操练。发须都很长，戴着三角帽子。一个高大的老人指挥着，彼得卢沙一看就知是米洛诺夫上尉。米洛诺夫一看到他们，就走过来，寒暄了一番，又继续练兵去了。彼得卢沙停住，想参观一下军事训练，但士伐勃林却泼他冷水：

"别妄想正式的军训，也别做梦要学习什么，你看一会儿就会腻了，这里没什么好逗留的，我们快进屋子去吧。"

彼得卢沙正要跟他辩时，哪知米洛诺夫也凑上来说道：

"孩子们，去吧，你们在这儿委实没什么可观摩的。"

彼得卢沙无奈，只好跟着士伐勃林一起进屋去。士伐勃林一个劲儿在那儿冷笑。

上尉太太竭诚地招待这两个青年军官，对士伐勃林的不请而至也没有一点不愉快的表示，这好像证实了士伐勃林刚才的话。她陪他们亲热地谈天，勤务兵伊万与女仆在布置餐桌。

"伊凡今天怎么搞的，明明知道有客人，偏偏在那儿练个什么劲儿？摆谱儿，装场面！"上尉太太埋怨她丈夫好像故意练给新来的人看。

"我的玛莎呢？帕拉士卡，叫老爷来用饭，我的玛莎在哪里？"

彼得卢沙猜，她在找那宝贝女儿。果然不久，一个十七八岁的姑娘进来了。苹果般红红圆圆的脸蛋，一头秀

延伸思考

【情节描写】
士伐勃林可真够言行不一的，刚才还对上尉夫人指手画脚，现在，竟然要主动过去吃饭。

延伸思考

【语言描写】
士伐勃林的话总是打消彼得卢沙的积极性，他可不是什么益友啊。

丽的金发往后梳，光洁无比。羞答答地连头也不敢抬，小脸臊得从两颊红到耳根。

彼得卢沙想，如果不是士伐勃林那一番话，一定为眼前这个可人儿所迷。她实在太端庄美丽了，彼得卢沙万万想不到穷乡僻壤中会有这种气质高贵的女孩子，记忆中，他的十几个堂、表姐妹，没有一个有玛莎的一半风姿。她可能是个近乎白痴的美人吗？瞧那眉宇间透露出的灵秀之气，莫非士伐勃林扯谎？如果不错，他何以扯那么一个天大的谎？

【延伸思考】
【表情描写】士伐勃林大概在嘲笑彼得卢沙的幼稚无知。

名│家│点│评

士伐勃林来拜访彼得卢沙，他是一个言行不一、势利的人。他提到上尉太太的唠叨让人难以忍受，上尉的女儿脑筋不够使，这些话让彼得卢沙很反感。彼得卢沙和士伐勃林一起去上尉家做客，在那里，他亲眼看到了上尉的女儿玛莎。玛莎的美丽和高贵的气质深深地吸引了彼得卢沙。

拓展训练

1. 彼得卢沙因为什么事闷闷不乐？

2. 士伐勃林是如何评价上尉太太和她的女儿的？

3. 玛莎是一个近乎疯疯癫癫的人吗？

老弱残兵

名家导读

玛莎的美丽和心灵手巧使彼得卢沙感到非常意外。当在吃饭时，看到背地里说玛莎一无是处的士伐勃林不停地照顾玛莎，大献殷勤时，他更加的疑惑不解了。事实究竟是怎么回事呢？

玛莎不敢挨近母亲身旁，她坐在远远的一个角落里，拿起针线活儿做着。

"她还会缝纫工作呀？"彼得卢沙很惊异，越发怀疑士伐勃林的话，因为如果不是心细手巧的人，绝不可能做得那么熟练。

正当彼得卢沙注意她的一举一动时，菜汤上来了。上尉太太看着她丈夫还不回来，再次差女仆去请：

"你对老爷说：客人等不耐烦了，汤也要凉了。再不来，我们就要先开饭，看他还回不回来！"

过了一会儿，上尉果然赶到了。

"你到底忙什么？亲爱的！让我们这么多人等你一个，真好意思呀。"

"对不起，我迟到了，但是，伐西丽莎，我忙着训练士兵，他们再不加紧锻炼，就要变成废物了。"

"本来就是一些老弱残兵，连你在内。不要唱高调，其实你自己也都荒疏了，能够教他们什么呢？还是省点儿

延伸思考

【语言描写】真正的玛莎和士伐勃林所描述的玛莎差距竟然如此大，这让彼得卢沙感到很惊奇。

延伸思考

【语言描写】通过这句话可以看出，这里的士兵疏于训练，纪律松弛。

事，在家多休息休息，向上帝祷告。亲爱的客人们，请！老爷子，您也请。"

上尉被太太抢白了一阵子，竟不吭气儿，乖乖地落座。但他一眼瞥见女儿在角落里，连忙去牵她来入席。

【细节描写】通过上尉的这一举动，可以看出上尉对女儿非常疼爱。

玛莎乖巧地拿下她父亲的佩刀，轻声细语地不知跟她父亲讲了些什么，上尉就走向彼得卢沙的坐处：

"欢迎，欢迎，伐西丽莎昨天就跟我讲过，你来加入我们的行列。从那么老远的西姆比斯克城来，真是辛苦你了。"

然后他们就坐下来共餐。席间，还是上尉太太一个人在唱独角戏。"彼得卢沙，双亲健在吗？""彼得卢沙，昨夜睡得还好吧？""彼得卢沙，还没结婚吧？""彼得卢沙，多大年龄呢？"亲切得叫人吃不消。彼得卢沙一桩桩一件件都恭恭敬敬地给她一个满意的答案。当她听说他们家有三百多个农奴时，禁不住说道：

【情节描写】对于上尉太太的絮絮叨叨，彼得卢沙虽然并不喜欢，但出于礼貌，他还是恭敬的回答了上尉太太。

"哇，多惊人，真的吗？太好了！世界上就是这样，有的穷无立锥之地，有的富可敌国。你们家仆从如云，而我们呢，只有帕拉士卡一个，当然伊万也可帮一点忙。但是，我也满意了，我们过得还不坏哩。我只担忧一件事：玛莎已到了出嫁的年龄，可是找不到对象。一方面附近简直没有一个可配得上她的，一方面我们没有什么好陪嫁。多寒酸呢！她只有梳子、树枝帚子（俄国人洗澡时鞭身体用的）和三戈贝的妆奁，可是这也够洗个土耳其浴了。如果她运气不错，碰到一个好人，只欣赏她的贤淑，不看在陪嫁多寡……不然呀，可怜的玛莎呀，只好做一辈子老处女了！"

【语言描写】交代了玛莎还没有出嫁的原因。

彼得卢沙看看玛莎，发现她羞得满面通红，眼泪几乎要滴到碟子上，心里不忍，想替她解围，又找不出一个好话题，竟然迸出这么一句：

"听说，巴席克人（住在南乌拉山区的一支鞑靼人）要来攻打要塞。"

"你从哪儿听来的？"大家都惊异地问。

"奥伦堡，有人这样说。"

"不可能！"米洛诺夫说，"这是谣传，你不要随便听信那些人的胡扯，绝没有的事。巴席克人早被皇帝的军队吓跑了，四处逃窜，就是草原的吉尔吉斯人也都被我们驯服，他们哪里敢再来侵略呢？假如再敢轻举妄动，我一定会再把他们教训得服服帖帖的，像十年前那样。伐西丽莎，你说是不是？"

"不错，不错，"上尉太太为她丈夫撑腰，"那些野蛮人呀，十年前就被我们平定了，除非各路联合了来，但是不可能，野蛮人就是野蛮人，即使一时联合，也是乌合之众，一击便溃。别怕，不管他们，大家好好用菜。"

"上尉太太，"彼得卢沙说，"您真的不怕吗？在这样危险的边境？"

【语言描写】彼得卢沙对上尉太太面对战争的危险竟显得如此从容而感到很惊奇。

"我早就习惯了，彼得卢沙！二十年前伊凡刚调到这儿来驻防的时候，我还不是怕得要死。一看到他们的貂皮帽子，就吓得发抖，一听到他们的鬼叫，更是不知往哪儿躲。心脏不知怎么搞的，就是越抽越紧。但是二十年过去了，我怎么样呢？即使有人来告诉我，他们就骑着马在栅栏外示威，我也不会害怕。"

"上尉夫人是一个非常勇敢的女士，"士伐勃林连忙帮腔，"米洛诺夫上尉也不得不承认。"

【语言描写】背地里说上尉太太的坏话，当面却极力奉承，这表现了士伐勃林的虚伪。

"对的，对的，"上尉点头称是，"十个懦夫之中，没有一个是女人。"（这是一句俄国谚语，是轻视女人的反语。）

"玛莎难道也不怕吗？"彼得卢沙连忙问道。

"啊呀，你甭提了，我们玛莎呀，最是胆小不过。也难怪，从她懂事后就没再发生过乱事。有次节日，我们试放大炮，差点没把她吓破胆，从那次以后，我们就再也不放了。"

【表情描写】当听到玛莎非常胆小的时候，士伐勃林心理再次表达了对玛莎的轻视。

上尉太太这样说的时候，彼得卢沙发现士伐勃林又露

延伸思考
【情节描写】
这句话说明玛莎是一个不爱言谈、性格文静的人。

延伸思考
【心理描写】
通过对彼得卢沙心理活动的细致刻画，表现了他在心里是非常喜欢玛莎的。

延伸思考
【动作描写】
通过一系列动词的运用，把士伐勃林对玛莎献殷勤的场景写得详尽真实。

出了嘲讽的表情。他真怕士伐勃林冒出一句不得体的话，把那个可爱又可怜的姑娘惹哭了。胆小能说是蠢吗？彼得卢沙内心的疑惑未释。玛莎在席上，从头到尾，一言不发，所以他没办法从言谈中探测。

彼得卢沙一方面又想，虽然上尉与他太太都不怕鞑靼来袭，但是万一兵临栅外呢？别说玛莎一个女孩儿家会害怕，彼得卢沙自己一想起，也不禁毛骨悚然。因为那些塞外的游牧民族毫不受礼法约束，他们爱怎么做就怎么做，就凭要塞这三十名老弱残兵能抵抗得了吗？那尊大炮一点儿防御力都谈不到呀。敌人一发狠，长驱直入俘虏全村的人，并不是不可能的事。假如有一天，果然大敌压境了——彼得卢沙脑海中突然涌现一幕英雄救美的情景。这英雄与美人，无疑是他与玛莎。他为这遐想陶醉了，但突然又害臊不堪。凭一己之力，能解救她吗？恐怕到时自顾都不暇，可怜胆小的玛莎要遭遇如何可怕的事，后来会流落何方呢？

在彼得卢沙的胡思乱想中，最后一道菜已上桌。士伐勃林不时帮他邻座玛莎的忙。帮她拿调味品，为她切肉，为她捡起掉在地上的餐巾，服侍得蛮周到。这使得彼得卢沙越发不解。照士伐勃林昨天的说法，对玛莎这个女孩子应当是不屑一顾的，但此刻为什么这般殷勤呢？难道仅为了礼貌与同情吗？而在背后为什么又刻薄地讽刺人家？

午宴结束，彼得卢沙他们告辞出来，士伐勃林邀请他到他的住处去。彼得卢沙闲得无聊就答应了。

这时的士伐勃林又换了一种面目，谈笑风生，对上尉一家不再嘲弄，而一再赞美帕拉士卡的烹调技术高明。显然这一顿他吃得极为满意。

彼得卢沙想，他毕竟也有可爱的一面。从以后多次的聊天中，他发现士伐勃林学识很丰富，技艺也精湛，尤其是剑术。据他自己说，手下败将已不知有多少。法文的造诣也相当高。总之，他毕竟是贵族出身，底子很厚。

上尉的女儿

彼得卢沙对士伐勃林重新估价后,觉得他尚值得交,先前的坏印象已慢慢变好了。彼得卢沙原本讨厌他的自大,但现在已认为他确有值得骄傲之处;原本受不了他的乖张,但现在也因同情他的处境,而给予原谅。

士伐勃林这方面呢?他本来还有点戒心,但渐渐发觉彼得卢沙只不过是个乳臭未干的小子,对他几乎可以不设防,不用诈,不用耍阴谋,向他说十句他听十句。但是彼得卢沙也不是个傻小子,相反,他很聪明,善解人意。士伐勃林越来越觉得他真是个最愉快的谈话对象,所以他乐于以老大哥自居,不时对彼得卢沙的一切加以指点。借他法文书籍,教导他如何进修。那个时候的俄国,以模仿法国为荣,所以贵族子弟都竞学法文。

彼得卢沙在这样的环境中愈发乐得其所了。一方面有士伐勃林这个"良师益友"为伴,一方面米洛诺夫夫妇又视他如子,把他照顾得无微不至,三天两头请他一块儿吃饭。他并不怀疑他们别有用意,虽然上尉太太担心女儿嫁不出去,但从不向他"推荐",甚至连暗示都没有。而玛莎也照样那么腼腼腆腆的,一个劲儿躲着他。但奇怪的是,玛莎越躲彼得卢沙,彼得卢沙想跟她接近的念头越强烈;玛莎离他越远,对他的吸引力也越大。

米洛诺夫上尉是小兵出身,慢慢才爬上军官位置的,但也为国家立下了不少汗马功劳。他跟瑞典、土耳其人都打过仗,是个绝对诚实的君子。在这小村子,可说是个头儿,但从不摆架子,对任何人都很亲切。那些兵士又懒又笨,但他从未对他们发过脾气,总是很有耐心地劝导、指正他们的错误。因为他自己也粗心大意,所以教不好士兵们,一些简单的口头号令都不会讲解,所以士兵们甚至连左右都分不清。幸亏他有个精明的太太,他的伐西丽莎像管家似的管理要塞的事,居然里里外外都弄得井井有条,使全村子的人都和睦相处,安居乐业,很少有事端发生。就是有小争执,上尉太太也轻而易举地解决了。她虽然能

延伸思考

【情节描写】
士伐勃林把彼得卢沙当作了愉快的谈话对象,彼得卢沙也不再那么讨厌他了。

延伸思考

【情节描写】
米洛诺夫是一个脾气很温和的人,这容易赢得士兵的信赖。

延伸思考

【情节描写】
絮絮叨叨的上尉太太,居然是个能力很强的人,这的确令人意外。

干,却不蛮横,她还是很尊重丈夫。因为生性忠厚,对待下属非常体贴,所以村子里的人都很爱戴她。她常到隔壁牧师太太那儿串门子,就像她丈夫常找盖拉辛牧师聊天一样。两家来往得非常密切,就像彼得卢沙与士伐勃林那般。

彼得卢沙想,要是没有鞑靼的威胁,这是一个多么安逸的所在,每天优哉游哉地过日子,几乎忘了身处异地的悲哀。

名|家|点|评

彼得卢沙对饭桌上士伐勃林的举动感到非常不解,他不明白一向讨厌玛莎的士伐勃林为什么会向玛莎大献殷勤。随着彼得卢沙和士伐勃林的交往,双方的关系更加的密切了。米洛诺夫上尉是一个性格温和的人,上尉的太太却是一个管理要塞的能手,她把要塞的里里外外都安排得很得当。

1. 你认为士伐勃林为什么会对玛莎大献殷勤?
2. 上尉太太面对战争的危险为什么显得那么从容?
3. 米洛诺夫是一个怎样的人?

夜莺与玫瑰

名家导读

要塞的生活单调而枯燥。爱好文学的彼得卢沙写了一首诗，诗中暗示了自己对玛莎的爱意。阴险的士伐勃林故意把这首诗歌说得一无是处。士伐勃林的目的究竟是什么呢？彼得卢沙为什么那么气愤呢？

彼得卢沙几个星期后便被任命为正式军官，职务并没有变化，其实他这工作从来就是这样。也许是所谓天高皇帝远，没有朝廷派来的人监视，因此在这要塞里，既没有例行的检阅，也没有经常的操演，更谈不到时时刻刻要戒备的守卫。米洛诺夫心血来潮时，才把那三十个兵士集合起来发号施令一番。

彼得卢沙一向喜欢文学，尤其对于诗歌更是爱好，"放逐"期间，他就以作诗自娱。有一天他做好了一首，就兴冲冲地拿去给士伐勃林看。士伐勃林是全村子里唯一能谈诗的人，而且他也爱好此道。可是他总是将诗作珍藏起来，从不示人。彼得卢沙跟他不一样，一有得意之作就要朗读给同伴听，切磋琢磨一番。这次他到了士伐勃林这里，马上对士伐勃林念道：

在春夜幽静的林园里，
有一只夜莺歌唱于玫瑰花丛。
她一无所知，这可爱的玫瑰！

延伸思考

【情节描写】这里的士兵疏于训练，纪律涣散，这和彼得卢沙心中的要塞反差很大。

竟在恋曲声里沉沉入睡。

这不也像你为冷若冰霜的美人吟诵？

醒来吧，诗人，别再做梦！

她虽然娇艳，却不了解诗人。

你徒然亲切地呼唤，却没有任何反应！

"要我说 什么好？"士伐勃林无情地批判，"没有一点儿意境，俗透了，简直无病呻吟！你从哪里抄来的？"

彼得卢沙原来希望得到士伐勃林的赞美，却讨来一顿奚落。他隐忍着，又拿出一本手抄的近作请士伐勃林指点，士伐勃林也就老是不客气地批评，对本子里的每一首、每一节、每一行，都予以刻薄的嘲弄。彼得卢沙忍无可忍，夺回本子，那里面都是他呕尽心血的创作，竟被士伐勃林说得一文不值。士伐勃林平时讨论学问时，从不会这般乖戾，今天到底怎么了？

"我永远不会再给你看了！"

"鬼稀罕你那狗屁不通的歪诗，别臭美，谁愿意看？自己找上门来的，竟如此放肆！"

"哼！我……早知你这么不近人情，真后悔，绝对、绝对不再跟你讨论了。"彼得卢沙气得语无伦次。

"咱们走着瞧，你到底对自己的誓言能守多久？诗人需要读者，就像米洛诺夫需要一瓶餐前酒那样迫切——彼得卢沙，别发火嘛，告诉我，喂，平心静气下来，什么事都好商量，请告诉我，谁是你心目中的玫瑰？哈哈，夜莺当然是你自己了！"

"你管不着！你对我的诗全然没兴趣，干嘛又关心起其中的寓意？"

"谁说没兴趣？我现在不是跟你在讨论了？你写得不错，当然不是十全十美，我说，还可以再加进一点什么，使它更臻完美。"

"呸！我才不听你的高见！"

"不识抬举的家伙！但是……我们不是好朋友吗？凭

【延伸思考】

【语言描写】自己的得意之作，竟然被士伐勃林说的一无是处，彼得卢沙是多么的失望和伤心啊。

【延伸思考】

【心理描写】士伐勃林反常的举动，让彼得卢沙感到非常纳闷。

【延伸思考】

【语言描写】彼得卢沙真是气愤到了极点，他竟然连话都说不清楚了。

我们过去的交情，你该可以告诉我她是谁？那个你对她付出似水柔情的姑娘！"

"我为什么要告诉你？没有这个人，你不用乱猜！"

"哈哈，好小子，一个野心勃勃的诗人，却是一个小心翼翼的情郎？何必惺惺作态，你以为我不知道呀，我不用猜也明白你的心上人是谁。"

"不准你说出！"

"玛莎！"士伐勃林露出狰狞的面目，"那个贱女人！"

"你！什么意思？"

"猜对了吧。彼得卢沙，别着急，我老实告诉你，你真是个少不更事的小家伙，何必用迂回战术，对付那种女人！"

"先生，你辱人太甚，请你说个清楚！"

"完全乐意。我明白告诉你：要获得玛莎，只要一副耳环，用不着写什么情歌！"

彼得卢沙全身的血液都沸腾了，竭力抑住满腔的怒火，颤声问道：

"士伐勃林，你再说清楚点，你有什么证据？"

士伐勃林一看惹恼了彼得卢沙，正中下怀，阴险地笑道：

"证据？你去问她。她的那些首饰是谁送的？我的亲身经验还不算是充分的证据吗？"

"胡说！伪证者！下流胚！世上最无耻的东西！"

彼得卢沙已失去控制，狂怒地吼着，只差没上前一步去撕掉士伐勃林的假面具。刚才还在那儿嬉皮笑脸的士伐勃林转瞬间勃然变色。

"你敢侮辱我？这回可不能轻易放过！"

"你污蔑玛莎怎么说呢？"

"这关你什么屁事，玛莎是你的什么人？笑话，还一点影子都没有，就俨然以保护人自居！"

【语言描写】
狡猾的士伐勃林欲擒故纵，他故意用挑衅的语言诱使彼得卢沙说出那个人。

【心理描写】
看到士伐勃林侮辱自己心爱的玛莎，彼得卢沙感到非常生气。

【心理描写】
彼得卢沙彻底被士伐勃林激怒了，这刚好达到了阴险的士伐勃林的目的。

延伸思考

【语言描写】少不更事的彼得卢沙果然进了士伐勃林设定的圈套。

"那你承认血口喷人?"

"呵,你这小子越发不像话了,我好心告诉你实在的情形,你却……好,这笔账得给我算清!"

"谁欠你的?如果你向我挑战,我很愿意奉陪——什

么时候？"

"决斗在军法上已明令禁止，所以，少安毋躁，反正有的是时间，咱们伺机而动吧！"

很明显地，他刚才的生气是假装的，因为他一看到彼得卢沙上钩后，马上改变态度，从火爆变成温和。彼得卢沙最讨厌他这种阴阳怪气的样子，恨不得一拳挥过去把他打扁了。这时也无暇分析士伐勃林的险恶居心，只狠狠地走出他的房间。

彼得卢沙马上跑到上尉家，还好，屋子里静悄悄的，只有伊万一个人在客厅做活儿。那是上尉夫人交代的工作，就是用针线把香蕈穿过来，预备晒干了好过冬。

"嘿！彼得卢沙，你打哪儿来？有什么事吗？"

"伊万，你听着，我跟士伐勃林吵架，他不甘休，我也不善罢，所以，我来此的目的就是请你做我的见证人。"

"先生，你是说，"伊万气急败坏地问，"你跟士伐勃林闹翻了，你们相约决斗，而要我做证人？"

"对的。"

"上帝，饶了我吧，我不会答应你的。彼得卢沙，你怎那样傻？你不是蛮聪明的？吵架根本没什么了不得，污蔑也玷辱不了人。如果他欺侮你，你就欺侮他；如果他诽谤你，你就诽谤他；如果他动手打你，你就还他一巴掌，两个、三个耳光都可以。过几天我们再为你们讲和。把朋友杀死，难道心里不难过？你一定会后悔的，不管是被杀或杀人。"

"但是，士伐勃林欺人太甚，太不可理喻了！"

"我知道，我们谁不知他是那种人？假使你杀了他，真是大快人心。如果你做了他的剑下鬼，那多冤枉呢？少爷，你这样年轻有为！"

老勤务兵袒护彼得卢沙，为彼得卢沙说话，但是彼得卢沙一点都听不进去，他早已下决心要跟士伐勃林拼到底，所以又怂恿伊万：

延伸思考

【情节描写】单纯的彼得卢沙被士伐勃林气得失去了理智。

延伸思考

【语言描写】士伐勃林故意激怒彼得卢沙，好发挥自己的剑术进行决斗，他的用心是何等的险恶啊！

延伸思考

【情节描写】老勤务兵是袒护彼得卢沙的，因为他深知士伐勃林是怎样一个阴险的人，可是，已经被气愤冲昏头脑的彼得卢沙什么也听不进去。

"伊万，你听我说，照一般规定，决斗要见证人，双方各一个，我请你当我的见证人，别再推辞了，好吗？"

"随你去吧！你要怎么办就怎么办好了，但是我绝不当你的什么证人！你以为我喜欢看人打斗？你以为我喜欢看人流血？我大小仗不知打过几回了，我不怕，但我就是不愿意再见到流血事件！"

伊万见彼得卢沙打算蛮干到底，停顿了一会儿，只好亮出杀手锏：

"先生，如果非要我参与这件事不可，请让我先到上尉那儿报告。因为这是我的职务，难道要塞中有破坏国家利益的阴谋，我竟秘而不宣吗？"

"伊万，千万别泄漏出去啊，求求你，给上尉知道那还得了！"

"上尉当然有对付之策，你怕吗？"

"不是这样说，我是想，我跟士伐勃林的事，我们自己解决，不要惊动任何人——但你是例外，你要做个见证人，是吧？"

"是的，我很愿意，但是现在就让我去报告上尉一下。"

"怎么那样死脑筋呢？算了，不找你这个杠头了。不过，伊万，你可别跟人讲呀。"

"除非你取消那死亡的约会。"

"好，咱们一言为定。"

延伸思考

【语言描写】聪明的伊万知道硬劝彼得卢沙是不管用了，所以他想利用上尉的威严来使彼得卢沙放弃决斗的想法。

名|家|点|评

士伐勃林故意把彼得卢沙写的诗歌说得一无是处，而且还用恶毒的语言攻击玛莎，他的目的是想要激怒彼得卢沙，让他和自己决斗，因为士伐勃林是一个剑术高手。彼得卢沙去请伊万当自己决斗的见证人，但是，伊万拒绝了。

纯洁与龌龊

名家导读

彼得卢沙和士伐勃林在上尉太太家里消磨时间，两人暗中约好了决斗的时间和地点，聪明、细心的上尉太太好像看出了点端倪。两个人会决斗吗？彼得卢沙会遇到危险吗？

当天晚上，彼得卢沙跟往常一样，在要塞司令那里消磨时间。他竭力装出安详的样子，以免米洛诺夫夫妇问长问短。他还担心伊万说溜了嘴，他知道那老头不可信任，其实他自己也不守约定，还想着决斗的事。

玛莎这个他暗恋的姑娘，今天在彼得卢沙的眼中更显得漂亮万分，也许下意识里有"最后一面"的感觉使然吧。

"玛莎小姐，我为了维护你的名誉，要跟那可恶阴险的小人决斗，你知道吗？士伐勃林为什么要那样污辱你的人格？难道他有什么不可告人的隐衷？但是不管那些，他既然下了战书，我就要勇敢地接受，这才能显出军人本色！"

士伐勃林这不受欢迎人物也在那里，彼得卢沙把他叫到一边，告诉他找不到见证人。

"咦？我们何必请什么见证人？没有他们，咱们照样来。"

然后他们就约好，明晨七点以前到炮台旁的干草堆后决斗。他们虽然低声说话，但却装着很融洽的样子。伊万

延伸思考

【心理描写】单纯而固执的彼得卢沙竟然还在惦记和士伐勃林决斗的事，浑然不知那是一个阴谋。

延伸思考

【细节描写】两个人轻声细语，生怕上尉看出什么端倪。

延伸思考

【语言描写】伊万被两个人表面的融洽迷惑了，他一定是认为两个人重归于好了。

延伸思考

【语言描写】上尉夫人是多么聪明的人啊，她虽然在客厅的一角，但是她对士伐勃林、彼得卢沙、伊万的言行观察的非常细致。

延伸思考

【动作描写】忠实的伊万突然被上尉夫人这么一问，他感到进退两难，不知所措。

看了，高兴得差点泄漏出来：

"你们早该像现在这样，这有多好，大家和和气气的，兄弟一般友爱。坏的和平比好的战争更让人快乐，知足比富裕快乐。"

上尉夫人一听就听出他的话里有话，连忙问道：

"伊万，你刚才在嘀咕什么？"

她虽然在客厅的一角用纸牌算命，但对全客厅的一举一动还是了如指掌。她先看到彼得卢沙与士伐勃林鬼鬼祟祟的样子，又听到伊万没头没脑的话语，情知有异。伊万不答，所以她再问了一次：

"你说什么，我没听清楚，请你重说一遍。"

伊万一看到彼得卢沙不高兴的脸色，又想起自己的诺言，吓得噤若寒蝉。士伐勃林毕竟是个鬼灵精，立刻解了他的围：

"伊万他呀，为我们的和好而喜悦。"

"你们发生什么不愉快吗？"

"我和彼得卢沙昨儿有过一次争执。"

"究竟为了什么？"

"没什么，不提也罢。"

"你一定要说，别想蒙混过去。"

"只不过为了一首诗。"

"诗吗？你们在讨论诗呀，这有什么好争辩的？"

"彼得卢沙写一首诗叫我看，我因为太疲倦不想看，他却不管三七二十一地朗诵起来，我看不惯他那得意洋洋的样子，训了他几句，这个小老弟呀，恼羞成怒，要跟我断交，又说了许多羞愤的话，我也就不客气地反击。但是后来我们就和解了。"

"你们真正讲和了吗？"

"不瞒你说，我们刚刚才取得谅解。"

"那就好了，以后可别再吵架了呀。"

上尉看他太太在做和事佬，也插进嘴来：

"你们年轻人就是喜欢那些小说啦、诗歌啦,念那些有什么用呢?多浪费时间呀!我看作家不是酒鬼就是浪子,没有一个有好下场,我劝你们改条路子走,不要走进那死胡同里去。"

"伊凡,你懂什么呢?别大发谬论。据我看,学诗作文是一件好事,在我们这荒凉的地方,不让他们作诗,叫他们怎么消磨时间呀?年轻人的事,你最好少管。他们又不是玛莎,有家事好帮,有女红好做,漫长的日子很难熬哩。"

"伐西丽莎,我很愿听你的,可是你没看到,他们作诗作出问题来了,怎不叫我担心?我当然要劝止了。"

彼得卢沙回到房里,检查一下佩剑,看它锋利非常,摆好在床边,就准备睡觉了。

"萨威里其,明天六点半叫醒我。"

但是他躺在床上,翻来覆去地怎么也没办法入眠。冷静,冷静,他一再劝自己,生死关头,绝不能瞎紧张。

凌晨,不待萨威里其唤醒,彼得卢沙已下床,蹑手蹑脚地整装赴约。到了约定地点,才六点整,隔一会儿才见对手匆匆赶到。

"我们必须很快一决胜负,否则被发现就完了。"

两个青年军官为了面子问题,欲置对方于死地,是多么傻呢?士伐勃林胸有成竹,毫不在乎。但是彼得卢沙想起士伐勃林的剑术,不管是不是吹的,总比自己高明,他跟剑术老师没上过几堂课呀,于是不禁有点后悔。

"懦夫!想临阵脱逃吗?不,可别叫士伐勃林耻笑!"彼得卢沙为自己打气。

他们脱下外套,拔出了剑,摆好了架势。当挥出第一剑时,从干草堆后跳出了一伙人。伊万领头,还有五个士兵在后面。

"走,跟我到米洛诺夫上尉那里去!"伊万威风凛凛地下令。

延伸思考
【语言描写】
上尉夫人对年轻人喜欢诗歌的事情是很理解的。

延伸思考
【细节描写】
这个细节暗示了明天彼得卢沙要进行决斗了。

延伸思考
【细节描写】
本来打算让萨威里其叫醒自己,结果自己没到时间就自己醒了,可见,彼得卢沙昨晚没有休息好。

延伸思考

【心理描写】伊万在心里是袒护彼得卢沙的,可是,固执的彼得卢沙不听他的劝告前来决斗,还好他及时赶到。

在这一伙士兵的团团围困下,他们只好乖乖地服从。伊万又气又喜,气的是彼得卢沙不守诺言,喜的是能及时制止他们。

一进上尉宅邸,伊万就正式、庄严地大声嚷着:

"报告上尉!我把他们押解来了!"

上尉不做声,倒是他太太,连忙迎上前来:

"嗨,亲爱的先生们,亏你们是国家栋梁、社会中坚,居然在要塞里火拼。鞑靼没闯来,你们倒要把自己往鬼门关送!伊万,马上把他们拘留起来!两位,缴械呀,那把杀人的利剑,从此再不准你们佩带了。彼得卢沙,士伐勃林,统统交出来。帕拉士卡,拿到仓库里去。彼得卢沙,想不到你这样莽撞!我原以为你很老成呢!士伐勃林,他本来就是因为了好勇斗狠才被撵出近卫军,他是个无神论者,连上帝也不信,你呢?你做错事也不会受良心的责备吧?为什么专拣坏榜样学?"

上尉点头称是,注视他们两人,附和他太太说道:

"不是我火上加油,你们也实在太不像话。伐西丽莎没有错责你们,何况,我们军法早已正式禁止决斗了。"

延伸思考

【情节描写】士伐勃林因为没有决斗成的事还耿耿于怀,他显然并没有死心。

"上尉夫人,尽管我很尊敬你,但我不得不提醒你,你在自找麻烦——这不是上尉的事吗?米洛诺夫上尉!应该由你做主……"

士伐勃林好杀成性,知道上尉优柔寡断,所以从旁煽火,想促使决斗成实。

"哈,士伐勃林,"上尉太太毅然打断士伐勃林的花言巧语,"夫妇一体,我们的灵魂和肉体都已深深结合在一起,任何人都不能离间!伊万,速办速决,把他们分别禁闭起来,只给面包与水,好挫挫他们的锐气。我也要请盖拉辛牧师给他们宗教上的惩罚——因为他们犯了杀戒,这就是当众忏悔,并乞求上帝的赦免!"

延伸思考

【语言描写】上尉太太才不会被士伐勃林的小伎俩糊弄。

伊万虽然听她如此严厉地判决,又如此迅速急地命令,却不敢动手。可是帕拉士卡"不知好歹",早把他们的剑收回仓库去了。

玛莎吓得脸色发白，用求情的眼光看着她母亲。上尉太太立刻和缓下来，做一百八十度转变。

"你们知罪了吗？士伐勃林，你还有什么可申辩的？不妨说出来，我们可为你评评理。彼得卢沙，你什么地方受委屈了，要我们为你申冤吗？"

彼得卢沙心软，一听这话就感动得几乎掉下泪来。士伐勃林无动于衷，不过他是个能屈能伸的人，眼看雨过天晴，马上见风转舵：

"是，上尉夫人，我们再也不敢一味蛮干了。"

"凡事能悔过就好，那么，言归于好吧。"

<u>士伐勃林马上过来拥吻彼得卢沙，装出误会冰释的样子。</u>

他们一道离开了屋子，伊万陪着出来。

"你多可耻呀！竟出卖了我们！"

士伐勃林怒责伊万，先前，彼得卢沙已把他跟伊万的谈话告诉了士伐勃林，所以士伐勃林拿伊万出气。

"上帝作证，我绝对没有告发你们，聪明的上尉夫人一猜便知。那晚她看出你们并没诚心和解，就暗中部署一切。我完全是依令行事呀。感谢上帝，事情就这样圆满解决了。"

延伸思考

【动作描写】士伐勃林的阴险、见风使舵在这里表现的淋漓尽致。

名|家|点|评

彼得卢沙和士伐勃林决斗的事情被睿智的上尉太太发觉了，他暗中吩咐伊万埋伏在决斗的地点，及时地制止了二人的决斗。上尉太太本来要严厉的处罚二人，但是，玛莎的求情，让上尉太太对他们二人从轻发落。

决 斗

名家导读

决斗是事情并没有过去。彼得卢沙从玛莎口中得知了士伐勃林是一个卑鄙无耻的小人，他非常气愤。士伐勃林再次前来挑衅，彼得卢沙会应战吗？

但是事情并没有像伊万想象的那样简单，决斗计划仍在酝酿着。有一天他们又狭路相逢，士伐勃林威胁说：

"喂，我们的事还没解决哩。"

"你想怎么样？我们不是答应上尉太太了吗？"

"哈哈，你以为我怕那胖婆娘？你血口喷人，而血债必须血还！"

彼得卢沙少年气盛，焉能忍受士伐勃林这种嚣张的态度，马上发作起来：

"现在好吧，现在就决定到底是你欠我的，还是我欠你的！"

"现在可不行，监视网好密哇，我们再做做样子给他们看，过几天再说，祝你健康！"

自从那阵风波后，很奇怪的，玛莎再也不躲彼得卢沙了，所以彼得卢沙在上尉家走动得更勤了。上尉常常不在，上尉太太不是串门子去，就是忙于家务，无暇陪彼得卢沙，所以招待的事渐渐由玛莎接过去。两个年轻人，越来越亲近，越谈越投机。这天，他们又在客厅促膝谈心

延伸思考

【情节描写】阴险的士伐勃林故伎重演，他再次激怒了彼得卢沙。

"彼得卢沙，那天好可怕呀，我差点没吓死。妈妈好厉害，把你们两个都逮捕归案。看你们下次还敢不敢作怪！"

"玛莎，过去的事就别再提了。只是让你吓着了，我向你赔罪。"

"一定是士伐勃林惹的祸，不关你的事。"

"我也有错……"

"你们男人真奇怪，动不动就拼起命来，也不想想多不值得呀，那些鸡毛蒜皮的事，我想你们过不了几天就会忘掉的。"

"不，很严重的事。"

"不管有多严重，决斗总不是办法，你要知道，决斗的后果不只是当事人牺牲或负伤，他们的父母亲友呢？难道不伤心？死的人是死了，活该！但活的人呢？却要一辈子悲痛不已。"

"玛莎，你刚才为什么以为错在士伐勃林呢？"

"因为，因为你是这么谦恭，而他呢？他对任何人、任何事情都抱着一种嘲弄的态度，所以极容易得罪人，而且他也不在乎，从来不向人道歉的。"

"奇怪，他有什么能耐，那样瞧不起人，简直目空一切。"

"我们最初以为那是贵族气派呢，哪晓得贵族未必都像他那样，是不是，彼得卢沙？"

"他虽然傲慢自大，但一定有什么难言之隐，有时候我发现他好像陷入极端的痛苦中，那样颓丧绝望，真有点不忍心。"

"我也是这样想，我，我本来想不让他到我们家来，但总不好意思跟他讲……"

"为什么呢？"

"因为我不喜欢他……"

"那么，他喜欢你吗？"

延伸思考
【语言描写】
玛莎对士伐勃林也是非常讨厌的。

延伸思考
【语言描写】
玛莎在这里有意将彼得卢沙的谦逊和士伐勃林的傲慢比较，借以表现对彼得卢沙的喜欢。

延伸思考

【语言描写】
听到玛莎的话，彼得卢沙非常的吃惊，因为士伐勃林经常把玛莎说的一无是处，他怎么会向玛莎求婚呢？

延伸思考

【语言描写】
玛莎对士伐勃林的认识还是比较深入的，这也正是她不喜欢士伐勃林的原因。

延伸思考

【心理描写】
彼得卢沙终于知道事情的原委了，冠冕堂皇的士伐勃林竟然是一个如此卑鄙的小人。

"我想，我想他……"

"他对你有过什么表示吗？"

"他向我求过婚。"玛莎好像下定什么决心似的，鼓起极大的勇气，讲出这句话，然后就羞得低下头去。

"有这回事？什么时候？他自己亲口说的还是托人做媒？"

"去年，好像在你来这里的不久前，他自己……"

"你答应了他吗？"

"你看不出吗？如果我答应了，现在还会跟你谈这些？当然，士伐勃林有学问，出身高贵，家庭富有，言谈举止都很有分寸，但是，我就是跟他谈不拢。我看穿了他，他有的时候显得温文尔雅，其实不过是为了隐藏他粗暴的真面目而已。"

"我也发现他有双重性格。"

"所以，即使他是全世界最富有的人，即使他是我们的皇帝，当我想象要在教堂里，众目睽睽之下吻他时，不，不，我不能……"

经过这一番谈话后，彼得卢沙恍然大悟。原来士伐勃林是如此卑劣的小人，专门造谣诽谤。说玛莎如何愚蠢，如何浪荡，原来纯属酸葡萄心理。可鄙可恨可笑又可怜的小丑人物，多像伊索寓言中的那只野狼呀！吃不到葡萄说葡萄酸，为的是怕别人去采摘。

彼得卢沙知道了真相后，虽有点同情士伐勃林，但又重萌起为心爱的人出一口气的念头。这个伪君子，非教训他一番不可。这种人就是太走运了，碰到的都是忠厚老实的角色，不愿生事，所以他才能够大耍阴险。好人不出头，祸害延千年。彼得卢沙下决心给他点颜色看，叫他以后安分点，少惹是生非。

第二天早上，当他在窗下构思一篇诗时，士伐勃林来叫阵了。

"有种的快滚出来！"

"我还怕你不成？早要让你领教领教了。"

"那么就别耽搁，立刻到河边去！"

彼得卢沙推开稿纸，提起剑，跟在士伐勃林后面。一路上他们东张西望，生怕有人跟踪或监视，也不敢再斗嘴，默默地走着。

这次，彼得卢沙的斗志很旺盛，不像上次那样有点心虚胆怯。因为那时他只是要惩罚士伐勃林对玛莎的恶意攻击，现在他既然看清了士伐勃林丑恶的真面目，就有点伸张正义的意味，理直气壮，所以敢面对顽凶。

士伐勃林呢？他眼看玛莎小姐就快被彼得卢沙抢走，又气又急。他认为玛莎本来是他的，如果不是彼得卢沙的出现，玛莎投入他的怀抱是迟早的事。他绝想不到，玛莎一点都无意于他，对他的印象坏透了，没有彼得卢沙也不会嫁给他的。士伐勃林一厢情愿幻想着把彼得卢沙杀死，玛莎会把他当英雄，对于婚事就不会再推托，却不肯反省一下，此举只是刽子手的行为。

两个自认为"理直气壮"的人，已来到河边。

"萨威里其、伊万，你们做做好事，别再来打岔了。"彼得卢沙默默祈祷着。

"玛莎，我把这小子结果掉，就要再度向你求婚，这次，该不会拒绝了吧？"士伐勃林仍在痴心妄想。

唰！唰！两个人几乎同时拔出剑。

士伐勃林一个箭步上前，想一剑就把彼得卢沙砍毙，彼得卢沙却灵巧闪开了。士伐勃林落一剑空后杀意更浓，每一出手都想把彼得卢沙置之死地，再不讲究姿态的优美，以往那是他跟彼得卢沙吹嘘时特别强调的。

面对穷凶极恶的敌人，彼得卢沙一开始时有点儿慌，因为他只跟击剑老师进行过友谊赛，从未跟人正式比过。而士伐勃林是个老行家，一挥一刺、一进一退都中规中矩，彼得卢沙几乎不是他的对手。但彼得卢沙激于义愤，气焰高涨，所以慢慢摸清他的门路后，从"只有招架之

延伸思考

【情节描写】决斗的事，他们还要时时刻刻提防周围，绝不能让别人知道。

延伸思考

【对比描写】彼得卢沙通过玛莎认识到了士伐勃林是怎样的一个人，他打算教训士伐勃林，所以，斗志很旺盛。

延伸思考

【情节描写】士伐勃林的想法是异想天开，他真是一个狭隘的人。

延伸思考

【动作描写】描写了两人决斗时激烈厮杀的场景。

功，没有还手之力"的情势逆转过来，变成要小心对付他了。

士伐勃林是不认输的人，焉肯示弱？拼着老命也要挺下去。他万万想不到，彼得卢沙不仅是情场上的大敌，也是战场的劲敌，他非但不能一下子就结束彼得卢沙的性命，反而被彼得卢沙占尽上风。彼得卢沙得理不饶人，乘胜追击，一步步地把士伐勃林逼到河边，眼看他就要掉进河里去。但是困兽犹斗，比别人强烈的好胜心，使士伐勃林不甘心那么轻易地就倒下去，仍然坚强地反抗着。

"我看你支持不了了，不如投降吧！"

彼得卢沙已有余力调侃对方。士伐勃林想反唇相讥，但气喘如牛，嘴角牵动了一下，一句话都讲不出来。彼得卢沙心怀恻隐，稍微松手，但士伐勃林一有喘息的机会，就破口回敬彼得卢沙两句：

"畜生！没那么简单，有你好看的！"

彼得卢沙想，绝不再饶他了，于是越逼越紧。士伐勃林节节败退，一慌张，绊了一跤，往后仰跌在地，爬不起来。这时彼得卢沙剑锋已到，直抵住他的脖子。

"看你还逞强不！"

"这次不算，我是被石头绊倒的——不，不，饶了我吧！"

"那么，给我爬起来……"

"彼得卢沙，少爷！"

彼得卢沙回头一看，萨威里其向河边奔跑过来，就在这一瞬间，他感到右肋下痛彻肺腑，顷刻间晕厥倒地。

延伸思考

【情节描写】一像傲慢的士伐勃林，怎肯向少不更事的彼得卢沙认输？

延伸思考

【细节描写】和阴险的士伐勃林决斗，彼得卢沙的恻隐之心，会使自己吃大亏的。

名家点评

通过和玛莎的交谈，彼得卢沙对士伐勃林有了更深入的认识，他是一个专门造谣的卑鄙小人。士伐勃林再次前来挑衅，二人来到河边决斗。一开始，士伐勃林占据优势，后来，斗志旺盛的彼得卢沙反败为胜。

真情的流露

名家导读

彼得卢沙被萨威里其及时救了回来,他受伤很重,暂时在上尉的家里养伤。玛莎在彼得卢沙养伤期间,对彼得卢沙进行了无微不至的照顾,两个年轻人互生爱意。彼得卢沙会向玛莎表白吗?玛莎会接受彼得卢沙吗?

"这是什么地方?"

彼得卢沙勉强睁开眼睛,发现自己躺在一间陌生的卧房里。

"我做了什么事?怎会到这里来?"

彼得卢沙想起床探看究竟,但身子毫不受大脑的指挥,连想稍微挪动一下都不能。

"我受伤了吗?伤在哪里?怎么一点力气都没有?"

彼得卢沙躺在床上,竭力思索,起先脑子里一片空白,怎么都回忆不起来,渐渐地由于右胁下肋骨的一阵剧痛,往事一股脑儿涌现出来。

延伸思考

【情节描写】由此可见,彼得卢沙受伤是很严重的。

"萨威里其这捣蛋鬼,害惨我了。要不是他多事,跑来阻挡,怎会被阴险的士伐勃林乘隙刺伤?他现在在哪里?给我碰到的话,再也不会体谅他年老力衰,绝饶不了他。玛莎呢?妈妈!我好想回家——莫不是给抬回家疗伤了?这房间怎么这样暗!爱护我的上尉夫妇不知要如何责备我,当他们知道我不听劝告,私自跟人决斗后。咦?这卧房好像是他们的。"

当他胡思乱想时,门打开了,好像有两个人进来。

"我再来看看他的情形。"一个陌生人的声音。

"真急死了。"彼得卢沙已经听出是萨威里其在说,"已经五天了,昏迷不醒,这可怎么办?"接着长长地叹了一口气。

【延伸思考】
【语言描写】
这句话表现了萨威里其对彼得卢沙的担心。

然后那个陌生人就小心地解开缠在彼得卢沙胸上和肩膀的绷带。

"还好,没有恶化。"
"有希望吗?"
"看这情形,已快结痂,痂落就可下床走动。"
"已没有发烧现象。"萨威里其摸摸彼得卢沙的额头,"我想大概没有生命危险了。"
"不错,你再好好儿照料,我走了。"

彼得卢沙看那人走后,这才出声:

"萨威里其,你做的好事。"话里虽含有恨意,但声调却微弱不堪。

这忠心耿耿的老仆吓了一跳,知道彼得卢沙恢复了知觉,又惊又喜,再无暇分辩。

【延伸思考】
【情节描写】
当得知彼得卢沙醒来了之后,萨威里其真是高兴极了,他心中的一块石头终于落地了。

"少爷!这下可好了!你清醒了吧?"
"这是什么地方?"
"上尉的卧室,我把你抬来的。"
"你详细说一遍。"
"改天吧,你要多休息,不要再讲话。"
"我饿了呀!"
"饿了?那么就快好了。你稍等一会儿,我马上去为你准备。"
"快去快回。"

就在彼得卢沙等候吃东西时,又进来一个人,她拿着一个燃着蜡烛的烛台,轻轻地走近床边,然后俯身向彼得卢沙。彼得卢沙一下子就看清是玛莎。

延伸思考

【细节描写】纵然有千言万语，但重伤未愈的彼得卢沙没有一点儿力气说话了。

延伸思考

【语言描写】细心、体贴的玛莎对彼得卢沙关怀备至。

延伸思考

【情节描写】这句话表现了萨威里其对彼得卢沙的关心，他甚至无法控制这种感情。

"你好些了吧？萨威里其跟我讲你已醒过来，所以我马上到这儿来了。"

"玛莎！……"

"不要说话，你得静养一段时期，等康复后再说。我也有很多话要对你讲。"

彼得卢沙还想说，但缺乏力气，只得作罢。萨威里其端着一碗热腾腾的蛋羹进来。

"我来喂他吧。"玛莎说。

"好吧，小姐，当心烫了你。"萨威里其把东西递给玛莎。

"我会很小心的。"

"小姐，谢天谢地，彼得卢沙又好起来了。真把我们活活急死，一睡就是五天，我们当他救不活了，谁知上帝保佑，他又活了过来。嘻嘻。少爷，大难不死，必有后福，你的命真大呀！"

"老公公，他还很虚弱，我们还是少跟他谈话吧。"

"嘿嘿，我一高兴就把什么都忘掉，真该死，我从现在起要闭嘴三天，再跟少爷啰唆就要下地狱。"

萨威里其一会儿就忘掉自己的誓言，还是一个劲唠唠叨叨，千叮咛万嘱咐玛莎要如何如何照顾彼得卢沙后才出去。

彼得卢沙吃完了玛莎一匙一匙喂他的蛋羹后，又昏睡过去。醒来时，已是第二天了。

"萨威里其！"

彼得卢沙喊他的忠仆，可是没有听到他的应声，也看不到他的影子。过了一会儿，才听到玛莎的脚步声。

"彼得卢沙，我来了。你饿了吧？妈妈煮了一点麦片粥，叫我拿来给你吃。你不用起来，还是由我来喂。"

"玛莎，谢谢你。"

"甭谢。你要什么，尽管吩咐。爸妈等会儿会再来看你的。啊，你不知道，他们守候在你床边整整三天之久，直到筋疲力尽。"

"我真不知道怎么感激你们一家人。"

"别这么说,其实你才不知带给我们多少欢乐。爸妈只有我一个女儿,所以把你当做儿子一样地看待。"

"我也看得出来,伯父和伯母对我实在太好了,简直跟我自己的父母没有分别。啊!我很久没写信向他们请安了,你代我写好吗?不过,可别告诉他们决斗的事。"

"咦?我怎会那么傻?等你完全康复,再口述给我听写,现在你还在危险期,不宜多说话,也不要胡思乱想,乖乖地静养,噢?"

玛莎的声音是那样温柔,简直像天使似的。她代替了妈妈、保姆,全心全意地看护彼得卢沙。彼得卢沙在她的照料下,恢复得很快。又过了三天,已较有气力了。

眼看着玛莎忙进忙出,为他拿东拿西,被他使来唤去,彼得卢沙常独自喜极而泣。这天,当玛莎用手摸他的额头时,他突然一阵冲动,抓住了她的手,紧紧地握着。玛莎本要缩回手,因彼得卢沙太用劲,只好让他握着。良久、良久,玛莎才发现彼得卢沙已泪湿枕畔,连忙用另一只手为他擦掉。突然,她俯下身子,吻他的脸,吻他的额头,吻他的鼻子,接着,四片火热的唇已接合在一起。

"亲爱的玛莎,"彼得卢沙喃喃地说,"答应我,做我的妻子!"

但是玛莎不但没回答,反而挣脱了他的怀抱,一溜烟跑得无影无踪。

"玛莎,回来!玛莎,我快昏过去了!"

"奇怪,她怎么逃了?她不喜欢我吗?我像士伐勃林那样让她讨厌吗?不会吧,刚才不是她先示爱的吗?哦,对了,她害臊了。"彼得卢沙一这样想,便不再叫了。此后,玛莎果然比以前更加殷勤地照料他。沐浴在幸福里的彼得卢沙,虽然没有医生(要塞里只有一个理发师稍懂医理),也没有好药(只有一点消炎片与草药),但却有一群最好的看护(萨威里其与上尉一家人),加上他自己的本钱

延伸思考
【情节描写】玛莎的轻柔细语、体贴关心使彼得卢沙非常感动。因此,他恢复得也很快。

延伸思考
【动作描写】由此可见,玛莎在心里也是很喜欢彼得卢沙的,两个年轻人的感情迅速升温。

延伸思考
【动作描写】当听到彼得卢沙的表白时,玛莎感到非常害羞,他可是一个腼腆的女孩啊!

(年轻力壮)充足,所以复原神速。

玛莎一度为她那回的"大胆"行为"后悔"万分,思来想去,觉得自己也未免过于忸怩作态。

"彼得卢沙还卧病在床,而我竟给他难堪,他会误会

我吗？我为什么要跑开？毫无理由的！当他最需要我安慰时，竟不顾一切地抛弃他，他会怎么想？彼得卢沙呀！你这百伶百俐的家伙，该不会想歪了吧。"玛莎想通了后，才再去找彼得卢沙。

"玛莎，你那天好狠心哪，竟丢下我不管！"彼得卢沙故意调侃她说。

"我也不知怎么回事，竟那样失礼，真对不起。"

"哈，我只是逗逗你而已，可别当真呀！我哪里是要你赔罪呢？"

【语言描写】玛莎对自己那天的行为表示歉意。

"好狡猾，坏东西！不理你了。"

"不理就算，以后别踏进我房间一步。"

"羞！羞！这是你的房间呀？"

"我住着就是我的房间。"

"耍赖！强词夺理！"

"那么我搬出去好了，现在就走！"彼得卢沙作势欲起。

"不行！你还不能下床走动，快别耍孩子脾气，给我躺下！"玛莎强把彼得卢沙摁下。

"我跟你开玩笑的，别紧张！"

【语言描写】彼得卢沙都有精力调侃了，可见他的伤情已经好了不少。

"我的小祖宗，你为什么老耍我呢？什么时候才能跟我说正经的？"

"玛莎，你急了？嗯，说真的，我已写信给爸妈，征求他们的同意。"

"彼得卢沙，没有骗我吧？令尊与令堂回信了吗？"

"我还没寄去哩，喏，在这里，你拿去看。"

玛莎一边读，一边微笑，因为彼得卢沙实在写得太好了。首先叙述工作情况及上尉夫妇的照顾，再委婉地报告自己的恋爱经过，未婚妻的贤淑，最后恳求二老双亲的祝福。

天真的玛莎想象彼得卢沙的父母是一对慈祥的老人家，看到爱子这封动人的信后，一定很高兴，会马上提笔

【情节描写】 彼得卢沙感到父亲可能不会同意他和玛莎的事,因为父亲门户观念很重。

【情节描写】 彼得卢沙对父母能否支持自己和玛莎的事情,感到忐忑不安。

【语言描写】 上尉真是一个宽厚、和蔼的人。

【语言描写】 善良的彼得卢沙竟然为士伐勃林求情,这使上尉太太非常不解。

回复,为他们祝福,但彼得卢沙就没这么乐观了——母亲那方面绝没有问题,母亲一向都是袒护他的,他喜欢的女孩子,母亲也一定会喜欢,当然乐于为他们祝福,但是父亲,父亲最难缠了,他深知父亲的脾气古怪,门户观念很重,听说他要娶一个下级军官的女儿,一定会暴跳如雷。单凭这封信就可打动他?彼得卢沙实在没有把握。彼得卢沙尚存的一线希望是,母亲能竭力说服他。但是可虑的是,母亲一向敬畏父亲,父亲又是那么顽固,软弱的母亲担当得了说服工作吗?

彼得卢沙眼看玛莎一副喜滋滋的样子,不敢把担心的事告诉她,怕太快惊醒她的美梦,只默祷上苍保佑,一切如他们的意。

这时,米洛诺夫跟他太太进来了。

"彼得卢沙,恭喜你已恢复健康了。"他们夫妇俩同声祝贺。

"谢谢大家,尤其是玛莎。"

"不错,玛莎几乎衣不解带地看护你,比你的萨威里其还热心呢!"

"我占用你们的房间太久了,真过意不去,再过两天我就搬回去。"

"不忙,还是等痊愈了再说。"上尉答道。

"士伐勃林怎样了?"

"你还提他呢,我把他关了起来,剑也归伐西丽莎保管。本来我还要罚你,但伐西丽莎说你既已受那么惨重的皮肉之痛,也就算了。看你,一个月足不出户,也等于受禁闭刑了。"

"亲爱的长官,我请求你释放他。"

"为什么?你受他的欺负还不够呀?为什么反倒替他求情?"上尉太太不解地问。

"我在养伤期间已深刻反省。一方面我实在太冲动了,全不顾后果,竟然接受人家的挑战;一方面我也不该故意激怒士伐勃林，站在他的立场看，你们想想，他年纪比我大，资格比我老，却得不到我的尊重，岂不是太窝囊？当然除了用剑来报复，别无他法。"

"你能够设身处地为人家着想，实在太难得了，但不晓得士伐勃林能不能体会你的苦心？"

"我们过去也相好一场，我相信他会的。"

"既然这样说，那么就照你的意思放了他吧。"上尉最后这样下了结论。

彼得卢沙原谅了士伐勃林的负义行为，主要是同情他对玛莎的痴情。他们到底是共爱一个女孩子的"同志"。想象自己如果失掉玛莎，该是如何心痛，对士伐勃林的举措便不会苛责了。放逐的痛苦、受挫的悲哀，会把一个人折磨到疯疯癫癫的境地。彼得卢沙回想不知玛莎的心意以前，那种"单相思"的滋味多么苦涩，何况"失恋"呢？所以当士伐勃林释放后，来探望他时，他说：

"让我们忘掉过去的不愉快，重新开始我们的友谊吧！"

"彼得卢沙，你太好了，我原以为你会记恨我一辈子的。"

"你怎么会这样想呢？我们原来像兄弟一般的友爱，我敬你如兄，你待我如弟，怎么会为这一点小事结仇呢？"

"真的，那次完全是意外，我怎会那样狠？绝对想不到一刺竟会那么深，完全是下意识地反射呀！"

"我并没怪罪你，甭提了。"

【延伸思考】
【心理描写】彼得卢沙对士伐勃林不但没有怨恨，反而能站在他的立场上考虑问题，可见，他是一个多么善良的人。

名家点评

玛莎给予了受重伤的彼得卢沙无微不至的关心和照顾，两个年轻人互生爱意，彼得卢沙向玛莎表白，腼腆的玛莎却跑开了。彼得卢沙把他和玛莎相恋的事情写信告诉了父母，但是，他很担心父亲可能不会同意他和玛莎的事情。

父亲的回信

名家导读

彼得卢沙终于等到了父亲的来信。在心中,父亲无情地批评了彼得卢沙和别人决斗的事情,并坚决不同意他和玛莎相恋。彼得卢沙下一步会怎么办呢?他会服从父亲的安排吗?

彼得卢沙已搬回自己的住处,每天等候父亲的回信,变得焦躁不安,经常找萨威里其的茬儿,以缓和自己的紧张情绪。

延伸思考

【心理描写】彼得卢沙因为害怕父亲不同意自己和玛莎的事情,所以变得很焦虑,可见,他是非常喜欢玛莎的。

"少爷呀,你闹什么情绪?这件事八成儿是吹了。门不当户不对的。玛莎小姐虽然没话说,是个一等一的好姑娘,可是配不上你呀。你妈疼你,又做不了主,有什么用?"

"闭嘴,你少触我的霉头,泄我的气!爸爸并不是那么不近人情的老顽固。他知道了上尉夫妇待我像一家人一样,玛莎又那样聪慧,哪有不答应的道理?唉,我又不能让他知道他们也是我的救命恩人,否则事情一定更好办了。"

"其实告诉老爷也无所谓。如果他明白上尉一家人对你的恩德,还会不给面子吗?"

"不,绝不能泄露我跟人家决斗的秘密,要是叫爸爸知道,一定被骂个半死,妈妈也不知会多么担心。"

"是呀,可是不讲也不行。对,上尉夫妇那边,你也应该请示一下,可别一相情愿,闺女要跟你,人家父母不知看得上看不上你这个准女婿呀！"

"我，我不是他们心目中的乘龙快婿吗？"

"哎哟哟，简直马不知脸长，像不知皮厚哇！"

"如果他们有一点儿反对的意思，会准他们的宝贝女儿天天往我房里跑吗？"

"说得倒也对，他们是早就默许了的。"

这天早晨，萨威里其匆匆地跑来，手上拿着两封信，把其中的一封递给彼得卢沙，彼得卢沙颤抖地接过来。

"啊！父亲的笔迹。"

彼得卢沙惊叫起来。父亲会亲笔写信，这就意味着非比寻常。因为家书向来是母亲写的，父亲只在信后加写几行而已。彼得卢沙迟迟不敢拆开来，只反复看那一丝不苟地写着的封面：

给我的儿子　彼得卢沙·格里涅夫　奥伦堡省佩洛格斯克要塞

"少爷，老爷的意思横竖早已写在里面了，你晚点看也不会改变的。"

彼得卢沙才拆开来读：

亲爱的孩子：

你那封荒谬绝伦的信我在十五号收到，关于米洛诺夫上尉的礼遇，我已另函致谢，至于你的事，我答复如下：

你说要跟上尉的女儿玛莎小姐结婚，你母亲无异议，我十分反对。一来你太年轻，二来你居然为她而跟像你一样的蠢材拼命，我怎能答应你娶这种祸水为妻？你简直辜负了我们对你的期望。

佩剑是代表军官地位及荣耀之物，你竟拿它同人决斗，岂不辱没了自己的身份？我要写信给安得烈将军，请他马上将你调到更远的边疆去，好教训你的愚昧。

你的母亲获知你被那该死的家伙砍伤，积忧成疾，卧病旬余，现在还不能起床——养你这个畜生，有什么用呢？我们祈求上帝彻底把你改造一番，但我们实不敢有这种奢望。

父亲

【动作描写】看到父亲的来信，彼得卢沙马上就要知道父亲是否同意他和玛莎相恋的事了，他的心情非常激动。

【情节描写】父亲是怎么知道自己和别人决斗的事情的，彼得卢沙一定非常奇怪。

延伸思考

【心理描写】看到父亲的来信的内容，彼得卢沙方寸大乱，他没有想到父亲的态度竟然如此决绝。

延伸思考

【语言描写】彼得卢沙又把自己郁闷的心情发泄到可怜、忠实的萨威里其身上。

延伸思考

【细节描写】看到父亲如此严厉的责怪忠厚的萨威里其，而自己刚才又那样冤枉萨威里其，彼得卢沙感到非常羞愧。

"父亲呀！你多残忍！您为什么有那么强烈的偏见，玛莎绝不是像您想象的那样下贱！""安得烈将军，你该不会听父亲的话，把我从佩洛格斯克调走吧？""妈妈，亲爱的妈妈，我让您担惊受怕，请原谅您这不孝的儿子吧！"

彼得卢沙完全混乱了，脑里昏昏沉沉的，当他定下神来时，突然走到萨威里其的面前，恶毒地凝视他：

"嘿！你这老贼，我为了你的多管闲事，在棺材边整整躺了一个月，你还不满意，竟要害死我母亲！"

"什么？"萨威里其号啕大哭着说，"你说的全是瞎话呀！少爷，我难道是个昧良心的人吗？我保护你都唯恐不周，怎么会高兴你受伤，而且是那么重的伤！老天知道，我是跑去保护你的，我用胸膛抵挡士伐勃林无情的剑，阻止他的再度出手，否则，他非把你劈死不可……"

"你不知道我已赢了，就要把他宰掉了吗？"

"这也不好，不论谁死——那么，我对老夫人又有什么不对的地方？"

"这不是你去饶舌造成的吗？"

彼得卢沙把那封信掷给萨威里其看。

"你怀疑我写信给老爷告发？"

"除了你，还有谁？"

"上帝呀，天国的主呀！我多冤枉呀！那么，请你也看这封信吧，还是由我来念给你听吧：

可杀的老狗：我真不知如何处罚你，你竟把我的严厉命令夫人的殷切拜托置之脑后，叫彼得卢沙受那么大的苦，吃那么多的亏，真正气炸我了。你事前不悔过，事后又为他与你自己饰恶，一点都不让我知道，反不如陌生人对他的关怀。立刻来信据实报告：彼得卢沙健壮如昔吗？彼得卢沙伤在哪里？彼得卢沙有没有得到最好的医治？为了惩戒你的败事，我派小牧猪去，你只配牧猪，哪里照顾得了少爷？我们错托了人……

彼得卢沙听萨威里其念着痛斥他自己的话，真是惶愧万分，连忙摇手制止了他。从那些内容中，彼得卢沙仿佛看到父亲咬牙切齿、愤不欲生的样子。他觉得实在太对不起萨威里其了,错事是他做的,却连累萨威里其挨骂,而且比骂他还凶。

"萨威里其,我错怪你了,我郑重向你道歉。"

可怜的老公公,受了这么深的委屈,简直痛心至极,虽经少爷的安慰,却无以自解。

"我活着还有什么意思?我是可杀的老狗,牧猪奴!我本来是呀,我本来就是个贱民呀,我充什么好人哩!我管教无方,我该死,但不是我的错。彼得卢沙,都是那个击剑老师哪!老爷怎么归罪到我头上,他教你用烤肉的钳

延伸思考

【语言描写】
由此可以看出当时萨威里其的心情是多么的悲伤啊,他真是悲痛欲绝、万念俱灰。

子劈来刺去，又教你两只脚踏前退后，好像这样装模作样，就能打败敌人，解救自己似的！"

"千万请原谅，我以后一定会善用皇帝赐给我的佩剑，去痛击真正的敌人，请您原谅。"

彼得卢沙好不容易才把痛哭流涕的老仆安抚住。然后他支着头猜想谁是告密者。

"安得烈将军吗？他似乎毫不关心我。""米洛诺夫上尉吗？他如果写了不会隐瞒自己的。""玛莎吗？不用怀疑，她是跟我站在同一条阵线上的。""士伐勃林？对了，必定是这个阴险的家伙！他表面上跟我误会已冰释，暗地里却使诈！告发我对他有利，如果安得烈将军照我父亲的意思办，把我调到远处，他又有机会追求玛莎了。"

彼得卢沙想到这里，觉得非到玛莎那里去一趟不可。玛莎站在阶上迎接，好像预知他会来似的。

"你不舒服？你的脸好苍白呀！"

彼得卢沙不知怎么启齿，才能在不伤她的心的原则下，让她了解这一切。但是聪明的玛莎何必待他开口，一见他的脸色，就全都明白了。

"你的家人不喜欢我的加入？上帝的旨意，上帝知道我不适合你，上帝叫我们分开。"

玛莎转身进屋，但彼得卢沙迅速捉住了她的手。

"不，上帝要我们永远在一起。玛莎，你爱我，是不是？我也爱你，绝对没问题。所以我早安排好了，让我们一同到你父母面前，跪在他们脚边，恳求他们答应，他们都是面慈心软的人，一定会祝福我们的，然后我们就在教堂结婚。再过一段时候，我们才去哀求我父亲同意——母亲早已允许。"

"彼得卢沙！"玛莎挣脱了彼得卢沙的手，哀求地说，"如果没有你父亲的首肯，我不会嫁给你。如果我们没有他的祝福，我们也不会幸福。我们要顺从上帝的旨意，如果你找到了命中注定的妻子，如果你爱上了别人，那时我将为你们祈祷，愿上帝保佑你们，以及你们的子孙……"

玛莎哽咽着说不下去了，突然一阵风似的跑开。彼得

延伸思考
【语言描写】通过冷静的分析，彼得卢沙认定是士伐勃林告密，他的猜测正确吗？

延伸思考
【心理描写】如实告诉玛莎，玛莎一定会很伤心，但是又不得不告诉她，彼得卢沙左右为难。

延伸思考
【动作描写】通过这句话我们可以看到，当时的玛莎是多么的伤心啊！

卢沙想追上去，又觉得不妥，勉强抑住那股子冲动，转回住处去。

"总有办法可想，她会回心转意的。"

彼得卢沙在房子里踱来踱去，却想不出一个对策。父亲这样固执，玛莎又是这样死脑筋，要是两方都僵持下去，真不知何日才能解决。

萨威里其打断了他的思绪：

"瞧！少爷，你看了就晓得我到底是不是离间你们父子的罪魁！"

原来是他写的回信：

安德烈老爷：

我收到了您亲笔写的信，内心感到万分不安。惹您生气，罪该万死，我辜负您及夫人的重托，让少爷吃了大亏，实在无面目再见到两位最仁慈的主人。

我不是存心掩饰自己的过失，才不写信给您，实在恐怕你们担心。家远路遥，交通不便，您看，夫人卧病在床，在这里，我衷心表达我的慰问之意，我天天祷告上帝，望天赐福夫人。

少爷右胁下的伤有四五公分深，经过一个多月医治与调养，已无大碍，现在迅速恢复中，请老爷放心。

少爷能干聪明，极得上司欢心，尤其上尉太太，更是视他如己子。我对这次意外的不幸，甚感遗憾，但是请老爷您想想这句古谚："马有四脚，难免跌倒。"多多海涵，对少爷及奴仆我。

您命令我去牧猪，是，我完全听您的——这里真有不少猪。祝您安康！

您最忠心的萨威里其老仆

彼得卢沙看了这个老好人所写的这封庄谐并作的信后，不禁笑开了。本来他想给父亲写回信的，但一见萨威里其已恰当地把父亲想知道的概括无遗，也就懒得提笔。加之他实在气恼父亲的无情，不问青红皂白就否决了他的婚事，所以仅修书向母亲问候，祝她早日康复。

自那日分手以后，玛莎又像最初那样，一个劲儿地躲

延伸思考

【语言描写】表现了萨威里其因为没有照顾好彼得卢沙而感到深深的自责和不安。

延伸思考

【情节描写】父亲对自己和玛莎的事情竟然如此无情，这让彼得卢沙感到非常的气愤。

避彼得卢沙，甚至连招呼都免掉，更不用说讲一两句话了。没想到这个女孩子竟那么认命，她心甘情愿接受上苍的安排，没有想到幸福全在自己的掌握中，如果有毅力，设法争取，总有一天会如愿以偿。也难怪，她秉性温顺，又始终在父母的羽翼下生活，没有经过狂风暴雨的吹打，自然缺乏反抗精神。

所以上尉的家对彼得卢沙来讲，再不是洞天福地，整个要塞也非世外桃源了。尽管上尉太太常叫人来请他，甚至还亲自来了两次，他都不愿重踏上那块伤心之地。与上尉，也只有公务上地接触，过去那如同父子的感情也日渐疏远。同士伐勃林呢，更是格格不入。表面上他们好像重修旧好了，其实两个人内心尚有芥蒂，友谊上的裂痕再也没办法修补。

彼得卢沙过去预料的寂苦愁惨的生活，开始降临。他不知玛莎怎么样，但是他的恋情，他对玛莎的爱，在寂寞中更为强烈，当然也倍加痛苦。过去"单相思"时候，还有美好的憧憬可滋润一下焦枯的心田，如今，几乎一筹莫展。没有到手的东西诚然可贵，但是那得而复失的更加觉得痛惜。彼得卢沙整天长吁短叹，自怨自艾。萨威里其起先大为责备，他说要照老爷吩咐，对彼得卢沙严加督促，后来看彼得卢沙实在太消沉，只好用开导的方法，免得彼得卢沙沦为醉鬼或荡子，甚至忧伤成疾。

萨威里其可说杞人忧天，因为不久以后发生的事，震撼了所有人的灵魂，更把彼得卢沙从愁闷中解救了出来。

延伸思考
【情节描写】没有了上尉一家人的陪伴，缺少了玛莎的爱，彼得卢沙的生活变得单调而痛苦。

延伸思考
【承上启下】这句话总结了上文，为故事的进一步发展设下了悬念。

名家点评

父亲在信中十分反对自己和玛莎的事情，这让彼得卢沙非常的伤心。玛莎知道这件事后，打算和彼得卢沙分手，她不再理会彼得卢沙。当彼得卢沙发现自己冤枉忠实的萨威里其告密时，他也感到很自责。彼得卢沙的生活变得痛苦而无聊。

哥萨克首领普加乔夫

名家导读

十八世纪七十年代初期，沙皇俄国危机四伏。彼得卢沙受到上尉突然召见，上尉向他和士伐勃林透漏了普加乔夫可能会来进攻的消息，要求所有人保守秘密，做好战斗准备。普加乔夫起义是怎么回事呢？

一七七一年，莫斯科瘟疫流行。七八月间，死者日以千计，人心惶惶。于是，人民群集克里姆林宫附近的圣母像前，跪拜祈祷。因人多拥挤，有不少人掉到河里淹死了。大主教安卜罗斯准备把圣母像迁走，但人们不解其心而杀了他，并包围了政府。沙皇以武力镇压，秩序才得以恢复。

不久，瘟疫蔓延到中部，各地民众受到反苛税者的号召，群起暴动。一七七二年，乌拉省也行动了。这省大部分是强悍的哥萨克人，负责守省城喀山的元帅特劳本，因训练哥萨克兵过分严厉，被部下杀死，军队就此解散，最后还是靠炮弹及严刑才平定下来。

这是在彼得卢沙到达佩洛格斯克要塞两年后发生的事。政府好像已把那些暴徒稳住了，和平的气氛很浓，但那只是表面的，危险的暗流正不断翻滚着。也许政府太大意了，竟以为那只是小的反叛而已，所以没有彻底清剿，而接受了他们假意的降服。殊不知他们计划得更周密，只

延伸思考

【情节描写】靠武力和严刑稳定下来的局面很难想象能够长久。

等待好机会一到，就要再来一次大规模的行动。

一七七三年十月初的一个晚上，彼得卢沙一个人在家里，听着窗外呼呼的秋风声，从窗口看着"白云过月"的妙姿，忽然有人敲门：

"彼得卢沙少尉，米洛诺夫上尉命令你立刻前去！"

彼得卢沙一听便知是紧急公事，连忙随去。一到上尉的住宅兼办公室处，就发现士伐勃林也在，上尉的太太与女儿却不见。上尉请他们坐下，心事重重的样子，缓缓地从口袋里取出一纸：

"军官先生们，重要的消息，请注意听着，这是将军大人发来的命令：

密令佩洛格斯克要塞司令米洛诺夫·玛莎上尉：

案查顿河哥萨克酋长叶美梁·普加乔夫，自西伯利亚流放地私逃后，假借先帝彼得三世之名，密谋叛逆。现纠集游民，在乌拉省各村作乱，已攻陷要塞数处，大肆烧杀抢掠。

请上尉接此令后，立即采取必要措施，如普加乔夫向该处进犯，当迎头痛击。

此令

"军官先生们，都听清楚了吧！'采取必要措施'吗？说得倒简单。我们只有三十名士兵，听说普加乔夫有二三万信徒呢。"

"我们不是还有哥萨克骑兵吗？"

"他们可以信任吗？对不起，马克西姆！"

上尉带着歉意地笑对马克西姆（因为这个巡逻兵是哥萨克人），然后又继续说：

"现在我们要日夜防范。万一他来攻，我们得闭紧栅门。老弱妇孺躲在里面，兵士就到外面抵挡。马克西姆，你要监视你们的同族，以防到时倒戈相向。大炮要检查一下，看看还管不管用。最重要的是，要严守秘密，不要让老百姓知道，我的家人也不例外。"

延伸思考

【心理描写】通过对上尉心事重重的刻画，可以预料到一定是发生了什么不妙的事情。

延伸思考

【情节描写】既有外部敌人进攻，又有内部异族人倒戈的可能，形势真可以说是危机四伏。

"一切听候上尉处置！"彼得卢沙——与士伐勃林异口同声地说。

"好了，没事了，你们回去吧！"

两人告辞后，在路上讨论着。

"你认为我们应该如何协助上尉，不，如何负起我们的责任？"彼得卢沙首先开口。

"那个屠夫以'土地与自由'为号召，颇得民心，声势浩大，我们恐怕凶多吉少了。"

"你认为他一定会来犯吗？我们这要塞如此可怜，似乎不值得兴兵。"

"越弱小他越有兴趣，这些流寇采取步步为营的策略，他们又是穷极无聊的人，再微不足道的财物都要抢的。"士伐勃林蛮有见地的样子。

"我听说他们屠杀贵族军官，强迫投降士兵剪发，冒充哥萨克人……"

"哈哈，你怕死了吗？天塌了还有个儿大的人顶，管他什么普加乔夫，彼得第三呢！"

"哼，你自己刚才还说凶多吉少，一会儿又充好汉！"

"好小子，再不跟你斗嘴。好，我承认这是危急存亡关头，我们应勇敢地担负起保国卫民的神圣使命，这回答该满意了吧！"

彼得卢沙听他话里有刺，故意唱高调来取笑他对这事的认真态度，甚觉无趣，所以随便回答了一两句，就跟他挥手告别。

但是这天大的消息，不管他们如何防范，还是不久就传遍全村子了，只有上尉太太及其女儿还蒙在鼓里。那晚上尉叫彼得卢沙和士伐勃林去时，已先把她们支开了。又把女仆关在仓库里，以免她偷听。

但是上尉太太从牧师家回来后，女仆帕拉士卡告诉她，她莫名其妙地被禁闭了一个钟头之久，上尉太太起疑心了。

【细节描写】
士伐勃林还是改不了自己那副高高在上、傲慢的样子。

【情节描写】
这件事情已经闹得人人皆知，怎么能够瞒住聪明的上尉太太呢？

【情节描写】
这件事情已经闹得人人皆知，怎么能够瞒住聪明的上尉太太呢？

延伸思考

【情节描写】
上尉太太的突然发问，使上尉感到措手不及。他胡乱回应着，能瞒得过太太吗？

延伸思考

【细节描写】
大炮是作战武器，里面竟然有破布等垃圾，可见，要塞的军纪废弛。

延伸思考

【语言描写】
作者通过老实的伊万之口道出了普加乔夫起义的原因。

"伊凡，你隐瞒了我什么？"

"那些哥萨克女人想要用麦秆当燃料，我恐怕要引起大火灾，所以下了一道严厉的禁令，要她们以后改用树枝烧。"

老实的上尉没有提防太太有这一招，胡乱地回应。

"但是为什么要把帕拉士卡锁起来？"

上尉一时语塞，支支吾吾的，越解释破绽越多。上尉太太知道问不出什么来，也就闲聊着在牧师家听来的一些琐碎的新闻。

次晨，上尉太太从教堂回来，看见她的丈夫正从大炮里清理出破布、石子、柴枝、骨头等来，就暗想：

"奇怪，伊凡在搞什么鬼？那大炮只有战争时才用，莫非吉尔吉斯人要来侵袭了吗？这么严重的事，竟不让我知道！"

上尉太太终于从勤务兵伊万口中，套出了实情。

"果然不出我所料，敌人已来临了。"

"请夫人不必担忧，我们有足够的兵力与火药，大炮修一修也还可以用，一定可以一举击溃普加乔夫的，如果他敢打来。"伊万安慰她。

"普加乔夫到底是个什么样的人？"

"跟我一样是个大老粗、乡巴佬。"

"他为什么要作乱呢？"

"忍受不了压迫呀！"

"我们政府压迫他们很厉害吗？"

"不但政府极端压迫，就是民间也对他们歧视有加。"

"他们也太野蛮了。"

"官逼民反。在那种吃不饱穿不暖的情况下，谁都会起来反抗的。其实我们政府不仅对少数民族施以高压，就是对我们一般老百姓也不放松。放纵地主搜刮农民，全国一半以上的人都是奴隶，这算什么开化国家？"

"伊万呀！小心一点，别为了逞口舌之快而惹来杀身之祸呀！"

"我怕什么？我的一只眼睛就是在那次对土耳其战争中失掉的！这个穷兵黩武的国家，为了扩张领土，去年把波兰瓜分掉了，今年就碰上内乱！"

延伸思考
【语言描写】由此可见，沙皇政府已经失去了民心，甚至政府的士兵也对政府的残暴甚为不满。

"胡说！少饶舌！上尉听到了，看会不会把你枪毙！"

上尉太太居然也保守秘密，不去到处宣传，但有个人例外，那就是她的好友牧师太太。因为牧师太太的母牛都在棚外的草原上放牧，她恐怕母牛被暴徒抢劫。尽管牧师太太也答应她，绝不会泄露军机，但没多久，大家都在谈论普加乔夫了。

延伸思考
【情节描写】看来普加乔夫要来进攻的消息已经成为公开的秘密了。

米洛诺夫没有办法制止各种谣言的传播。他派巡逻兵马克西姆去探听附近要塞及村子有什么动静，两天后巡逻兵回来报告说：

"距离我们要塞六十公里的荒原，我看见了火光。听巴席克人说，有军队要来。传说纷纭，我不知哪一个才可靠。风声鹤唳的，我不敢走远。"

名家点评

普加乔夫起义军队可能会来进攻要塞的消息不胫而走，弄得人心惶惶。上尉太太通过老实的伊万之口，也得知了这一重大消息，她还为上尉竟然瞒着她而感到愤愤不平。

1. 上尉为什么要求所有人保守秘密？

2. 上尉太太是如何得知普加乔夫要来进攻的消息的？

3. 伊万对沙皇政府是什么态度呢？

暴风雨前夕

名家导读

佩洛格斯克要塞笼罩在战争的阴云之中。马克西姆被上尉逮捕,由尤莱接替了他的职务。要塞之中,人人自危,战争似乎一触即发。面对战争,彼得卢沙将如何应对呢?士伐勃林又会怎么做呢?

佩洛格斯克要塞的哥萨克人骚动起来,他们成群结队地在每条街道上交头接耳,一发现龙骑兵(受过步骑两种训练的兵)或驻防军走近,就一哄而散。

延伸思考

【细节描写】哥萨克人的反常举动,不禁令人怀疑他们的动机。

有个改信俄国希腊正教的巴席克人尤莱求见上尉,密告:

"那个哥萨克巡逻兵是个奸细,他说的全是谎话,什么不敢走远?其实他早已和普加乔夫见了面,并且和普加乔夫谈了很久,最后同意做他们的内应。"

上尉未经调查,立刻下令逮捕马克西姆,而让尤莱顶了他的巡逻职位。哥萨克兵因此大为不满。他们口出怨言,不避上尉的人:

延伸思考

【情节描写】这句话表现了上尉的轻率和盲从。

"走着瞧!看你还神气到几时!你这女皇走狗、无知鼠辈!"

上尉得知后,决定马上审问马克西姆,可是他已在同伴的营救下,逃出拘留所。

过两天又逮住了一个巴席克人,因为他正在散发传单。上尉大为紧张，再度召集他的高级幕僚。

"玛莎的妈，"他为了掩饰心虚，咳了一声，"盖拉辛牧师从奥伦堡省城回来，你要不要去听听有什么消息……"

老天！他又用上次支开他太太所用的理由，聪明的伐西丽莎怎么会让他骗过？她马上打断他的话：

"玛莎的爸，你要公开秘密会就公开吧！我不会碍着你的！"

"妈妈！"米洛诺夫瞠目结舌，"既——既然你已经知道，我就不瞒你了。那么，请留下，跟我们一块儿讨论也好。"

"你早点明白就好，夫妇一体，干吗老想把我拉得远远的！"

他们——彼得卢沙与士伐勃林又被叫来。

上尉当着大家的面，摘要地谈普加乔夫的告示：

"……我们马上要来解放你们。哥萨克人及其他非俄罗斯人——所有被压榨、被迫害的同胞——请加入我们强大的阵营。司令及其部下，降者论功行赏，违者格杀勿论！……"

"好无耻的野蛮人！他凭什么要我们列队去欢迎他，吻他的脏手？哈，贱民！我们已守卫四十年，大盗小贼已不知打退了多少。伊凡，你听过有哪个要塞司令投降吗？"上尉太太怒道。

"不少，你不知他们的残忍手法啊！普加乔夫声称：不费他一兵一卒让他进去，他也不伤一军一民。抵抗越激烈，他就屠杀得越厉害！"

"天呀！有这种事哇？"上尉太太吓呆了。

"不得了，那么他现在已拥有不少兵力喽？"士伐勃林惊叹。

"我们不久便知道了，大概总有二三万之众吧！"

"那我们还怎么跟他打呢？上尉，你得好好考虑考虑。"士伐勃林的言外之意，好像想打退堂鼓。

"守土卫民是我们的职责，别有投降的念头！"上尉

延伸思考

【语言描写】
上尉太太对上尉总是想办法把自己支开的做法感到非常地不满。

延伸思考

【语言描写】
上尉太太也被普加乔夫残忍的手法给吓住了，她大概也没有见过如此凶悍的敌人吧。

延伸思考

【语言描写】
胆小怕事的士伐勃林透露出了投降的意思。

斥责了他，又说，"伐西丽莎，把谷仓的钥匙拿来。伊万，去提那个巴席克人，也叫尤莱拿皮鞭来。"

"且慢，爸爸，让我把你女儿带远点，不然她会吓坏的。我也不忍看刑讯。"

伐西丽莎就带着她的女儿走开了。

彼得卢沙在那里本来一言不发，忽然想到了什么似的，霍然站起：

"长官！我有一言相告，不知道中听不中听。拷问犯人太不人道了。严刑逼问出来的口供能做办案的根据吗？试问：犯人假如否认罪状，你是不是认为他无罪？你一定不相信吧。那么，他假如承认他的罪状，同样也不能作为他有罪的证据呀！"

> 【语言描写】
> 善良的彼得卢沙对严刑逼供是很反感的，他认为那并不能得知真实的信息。

"但是，他是当场被我们活捉的呀！"

"对，你只能治他这种罪，对于叛逆问题就不必刑求了。"

"我会斟酌情形处理的。"

这时，伊万已来复命。

"好，把那个巴席克人带进来吧。"

那个犯人因戴着脚镣，所以吃力地跨过门槛。彼得卢沙只瞧了一眼，心就好像直往下沉。惨绝人寰的光景：没有鼻子、没有耳朵的脸上，皱纹纵横，起码在七十岁以上。头发剃得精光，胡子也被拔光，瘦小驼背，那副可怕的样子，使人永世难忘。他是一七四一年受刑的暴徒之一。一七四○年，安娜女皇驾崩，伊丽莎白女皇尚未登基时，俄国人民也乘机作乱。

> 【外貌描写】
> 通过对犯人外貌特征的细致刻画，表现了犯人身受重刑的惨景。

"你，老饿狼，尝过几十年黑牢滋味还不够吗？你这怙恶不悛的贼党，谁差遣你来着，说！"

这个老巴席克人眯缝着眼睛装傻。但彼得卢沙从那细小的眼睛里，看出了熊熊的怒火。

> 【细节描写】
> 这个犯人眯着眼睛一句话也不说，但是，彼得卢沙却看到了他心中的愤怒。

"你装聋作哑？少来这套！哦，大概你不懂俄国话。尤莱，用你们的话问他我刚才所问的。"

尤莱就用鞑靼语复述一遍，可是，他仍不言不语，只

露出一副被搞迷糊了的表情。

"士兵!剥下他的衣服,重重地鞭打他,看他还说不说!"

这时,他才惊慌起来,向四周看看,好像在求救似的,明知这里没有一个人会护卫他,但仍希望着。彼得卢沙差点为他求情,但为了顾全大局,忍下心来。

当尤莱挥动鞭子的刹那,他开口了,但"嗯嗯啊啊"地,没有一个人听清楚他在说什么,终于大家发现他是个哑巴——一个被割了舌头的酷刑犯!

彼得卢沙几乎掩面而泣,他极度哀怜面前的这个囚犯,也第一次发现他的国家是这样恐怖,难怪暴乱不息!光会用武力镇压,从来不想从改善人民的生活下手。温和怀柔政策始终不能贯彻,一有忤逆,翻脸无情,使这些归服的少数民族向心力变得荡然无存,他们当然时时刻刻伺机而动了。可畏的暴政,一味苛捐杂税,一味严刑峻法!彼得卢沙热爱的祖国竟有这么丑恶的一面!

"这样看来,我们也问不出什么。算了,尤莱,把他带回谷仓去。"上尉放弃拷问,又对他们说,"我们再来商量对策吧!"

"长官,这要塞中到处都是奸细,危险得很哪!"士伐勃林还是那个扯后腿的调儿。

"外来的奸细好清除,没什么可怕,最怕的是内奸!"彼得卢沙插嘴。

"什么?你说我?"

"心里有鬼嘛,谁指名道姓了!"

"我是堂堂的贵族中尉军官!我会投降那鼠窃小贼?"

"没有就好啦,瞧你好像被揭了疮疤似的,那副气急败坏的样子!"

彼得卢沙本来不是伶牙俐齿的人,但实在太看不惯士伐勃林最近的表现了。现在他这样一说,又激起了士伐勃林的愤怒。士伐勃林正要发作,上尉制止了他:

"大敌当前,你们还争吵什么?无聊!"

【延伸思考】
【情节描写】彼得卢沙对眼前这个可怜的犯人产生了深深的同情,同时,也对这个国家的残暴有了初步的认识。

【延伸思考】
【情节描写】当看到自己一心热爱的祖国竟然如此的残暴黑暗,彼得卢沙的心里一定失望极了。

【延伸思考】
【语言描写】彼得卢沙对士伐勃林总是说一些丧气话的行为早就讨厌到了极点。

平常似乎毫无脾气的米洛诺夫，这时看两个得力部下做无谓的争执，也不禁勃然大怒。

"现在最重要的，是全体军民团结起来以御强敌，个人的恩怨要搁在一边，听到了吗？彼得卢沙！士伐勃林！"

米洛诺夫对他们的无聊大加申斥。

两个人惭愧地低下头去，但士伐勃林一会儿就侧过头去，恨恨地瞪了彼得卢沙一眼。

三个人在房间里，有如坐困愁城，最后上尉下了个结论说：

"我决定与要塞共存亡，你们没有意见吧？"

但是士伐勃林又提出异议：

"我们死守倒是无关紧要，但你不知道普加乔夫的残酷手段吗？"

"屠城！可杀的鞑子！我不是没有这种恐惧，但如果每个城池都因怕这套而放弃抵抗，那他一定会打到京都，我们的国家不就亡了吗？"

"这层忧虑倒不必，你未免高估了他们。据我看，他们不过是一群乌合之众罢了。"

"星星之火可以燎原，如果把所有农奴结合起来，这股力量是不可忽视的！"彼得卢沙插嘴道。

"什么？凭我们强大的皇军，这些流寇休想动帝国一根汗毛！"士伐勃林拿出国家的招牌，为自己壮胆。

"然而，现在是四郊多垒，遍地烽烟！"彼得卢沙也拿出事实来反驳。

延伸思考

【情节描写】大敌当前，部下却还在做无谓的口舌之争，米洛诺夫非常生气。

延伸思考

【语言描写】彼得卢沙对农民起义军的力量的认识还是很深刻的。

名家点评

战争似乎迫在眉睫。在审讯那个犯人的时候，彼得卢沙初步认识到了沙皇政府的残暴和黑暗，对农民起义产生了深深的同情。大敌当前，彼得卢沙和士伐勃林又发生了口角，这让本来就心烦意乱的上尉非常生气。

危在旦夕

名家导读

战争马上就要来临了。彼得卢沙并不惧怕战争，可是，他为心爱的玛莎的安全却很是担心。他提出要塞的妇女应该先行转移，他的提议会得到上尉的批准吗？

正当他们辩论不休时，上尉太太慌慌张张地跑进来。上尉吃惊地问道：

"你怎么了？女儿好吧？"

"不好了，父亲！尼其诺钦要塞今天被普加乔夫攻陷了。刚才盖拉辛牧师的仆人回来讲的。他目击了一切，说要塞司令与军官们都被绞死，所有兵士都被俘虏了。"

"这样说，他们是随时会来了。"

这个坏消息震撼了他们。他们都认识尼其诺钦要塞司令，他是一个年轻英俊的贵族军官。两个月前，跟他漂亮的妻子路过佩洛格斯要塞，曾在米洛诺夫家做客。

尼其诺钦要塞距离此地仅十八公里，步行半天可达，所以佩洛格斯要塞已危在旦夕。

彼得卢沙却把自己的安危置之度外，脑海里涌起城陷后玛莎的遭遇。这是不堪设想的！玛莎是一个美丽的姑娘，正是强盗最中意的目标！

"长官！我们的责任是保护要塞，即使只剩一兵一卒，甚至刀架脖子，都不能违背这神圣使命，这是不待言

延伸思考

【情节描写】在危急关头，彼得卢沙还想着玛莎的安危，可见，彼得卢沙对玛莎深深的爱。

的。然而我们也应该考虑到妇女的安全问题。"

"对啊！你说下去。"

"我认为应即刻把她们送到奥伦堡。如果路还能通，要把她们疏散得更远些。"

米洛诺夫同意彼得卢沙的意见：

"母亲，彼得卢沙的话你听到了没有？要不要照他说的，你带着玛莎及其他妇孺到别处去避一下，直到我们将那些暴徒击溃后再回来？"

"你白费唇舌，我不会听你的。我们在这儿已住了二十二年，那些强悍的巴席克人、吉尔吉斯人，还不是轻易地被我们对付过去了，这次为什么要逃呢？"

"母亲，你要知道这次普加乔夫的作乱不比以前呀！你瞧他一路势如破竹，万一有不测怎么办？"

"你怕死我可不怕，你自己逃命去吧，我来指挥好了。"

【语言描写】
上尉太太也是一个勇敢的人，她的话里透着一股子豪气。

"好，好，母亲，我说不过你。唉，这不是赌气的时候，伐西丽莎，如果你对我们的要塞还存有希望，你就留下。但是想想我们的女儿，玛莎怎么办呢？当然，假使我们能够支持下去，假使救兵能及时赶到，那就毫无问题，不但是玛莎，我们都会安然无恙的——但是……但是万一不幸发生呢？我们要向谁求救呀？"

"这……"伐西丽莎愣住了。

米洛诺夫知道他的话有了效果——这可能是他一生中的第一次——他松了一口气，接下去说：

"把玛莎送到奥伦堡她的教父那儿去吧！奥伦堡兵力不少，火药、枪炮有的是，城墙又高又坚固。妈妈，你就陪她去吧，还有你那些姐妹们，当然牧师太太不用去，她有宗教做护身符，匪徒不敢对她怎么样。"

【语言描写】
上尉太太自己是无所畏惧的，但是，她想到自己可怜的女儿时，也感到非常的为难。

"我答应一项就给你天大的面子，居然还要求第二项！说定了：玛莎走，我不走。我们一块儿生，也要一块儿死！"

【语言描写】
上尉太太是一个倔强的女人，从她以前总是把要塞的里里外外安排得井井有条也可以看出来。

"好，就这么办！"

延伸思考

【表情描写】
战争的到来，把涉世未深的玛莎吓坏了。

延伸思考

【情节描写】
彼得卢沙想利用回去取剑的时间和玛莎单独会面，这的确是个好主意。

延伸思考

【语言描写】
当彼得卢沙听到玛莎说自己不想去奥伦堡时，他非常着急。

"我去收拾玛莎的行李，她什么时候走啊？"

"最好在天亮以前。你也要通知其他人家，愿意走的人准备束装上路。我们的宝贝呢？"

"在牧师太太那里。她知道了那个坏消息后，就吓得像什么似的，恐怕要吓出病来喽。"

玛莎回来了，脸色苍白，且两眼红肿，显然已哭过好一阵子。

这晚，彼得卢沙就在上尉这儿吃饭，每个人都心事重重，食不下咽。

彼得卢沙真想跟玛莎说两句话，但看大家闭口无言，不好打破沉默，只得忍住。

"今晚也许是最后一次的聚餐，彼此的我们，竟形同陌路，为什么要如此僵持呢？为什么要如此自苦呢？"

彼得卢沙心生一计，匆匆辞出，故意把佩剑遗落在上尉家，他预料当他装作想起来而要去拿回佩剑时，玛莎会独自在那里。果然，他回来时，她已守候多时，当彼得卢沙来到，便亲手将那口佩剑递到他手上。

"彼得卢沙，再见！"玛莎已泣不成声，"祝你平安，爸妈刚才告诉我，要我到奥伦堡去避难，我本不愿去……"

"胡说！你一定要去，一刻也不能耽搁。"彼得卢沙着急地说。

"可是，你们呢？"

"这你别管，乖乖地听父母亲的话，准备动身！"

"是。"玛莎用微弱的声音应道。

"玛莎，这一别不知什么时候才能重逢。我希望你能到达安全地区，最好能到我家乡西姆比斯克，那边有重兵守着，敌人不敢动它的脑筋。父亲母亲一定会欢迎你的。"

"我怎么好意思去打扰你家？"

"玛莎，何必那么见外呢？想想看，我曾向你求过婚，你也答应过我，我们有多——有多亲密。现在虽然不能谈婚娶，玛莎，你还爱着我吗？"

"我……我永远爱你。"

"那么,必要时就到家父家母那儿去吧。"

"我答应你。"

"玛莎,你真忍心,这些日子一直不理我,为什么那么决绝呢?"

"你——你才够狠呢!我们能够再来往下去吗?当我确知你们家拒我于千里之外……"

"我说我们先别急,慢慢想办法,事情总有转机的时候。"

"我不敢存任何奢望,当初是我自己太傻,痴心妄想当贵族夫人,其实我怎么配得上你呢?"

"玛莎,何必还说这种话呢?"

"这是事实,我们不得不承认。"

"爱情是不在意身份地位的。你这样的自卑自责,我真不知如何安慰你才好。"

彼得卢沙眼看她一颗颗晶莹的泪珠夺眶而出,更加手足无措。

"玛莎,不要哭了,上帝会保佑你,也会保佑我们再度相逢的……"

玛莎一听,不但没有止住,反而尽情大哭,彼得卢沙心疼得一把将她拥在怀里。

"我的宝贝儿!危机迫在眉睫,伤心是没有用的,打起精神来,勇敢地面对现实,面对大时代给予我们的考验。相信我,无论我的遭遇怎么样,我最后的祷告一定是为了你!"

"彼得卢沙!彼得卢沙!我的光明!我亲爱的!我至爱的!"

"我哪里舍得你走呢?但是这是无可奈何的。"

"我们为什么会活在这种恐怖的时代?"

"也许这正是我们的幸运。黑暗过去就是光明,劫后余生的我们,将会享受长久的和平与幸福。"

【表情描写】
心爱的玛莎流下了伤心的眼泪,这使彼得卢沙感到手足无措。

【表情描写】
分离的痛苦、对战乱的恐惧,使得玛莎伤心之情难以抑制。

"我们会有这样的幸运吗?"

"有,我好像有这样的预感,我们将会度过这场灾祸,但是,免不了有惨重的牺牲。"

"政府的大军一到,普加乔夫他们就会作鸟兽散的。"玛莎不信彼得卢沙有什么预感。

"但如果不迫近京师,女皇不会下令援助地方军的。"

"也许她的情报不够灵通,而且我们的领土也太辽阔,援军到这儿已太迟了。"

"你有所不知,朝廷只想到外患,内乱是从来不重视的。我们的正规军都用在对付土耳其、瑞典、波兰上,国内没有受过正式训练的官兵,现在要调回正规军已来不及了。"

"彼得卢沙,时候不早了,赶快回去休息吧!"

玛莎催促着彼得卢沙,彼得卢沙突然把她搂得紧紧的,给她一个热烈的吻。

延伸思考

【情节描写】残酷的战争是两个相爱的人被迫分离,这种痛苦是常人难以想象的。

名家点评

上尉要求太太带领玛莎和要塞的妇女先行转移到奥伦堡,太太是一个无所畏惧的女人,她同意玛莎转移,但是,自己要和丈夫在一起并肩作战。彼得卢沙和玛莎由于战乱,要受长期的分离之苦,两个年轻人非常的伤心。

1. 彼得卢沙为什么建议妇女先行转移?
2. 上尉太太为什么拒绝转移?
3. 彼得卢沙想到了什么主意和玛莎单独会面?

燃烧的草原

名家导读

大战在即，彼得卢沙的心情反而格外的平静。伊万慌张来报，敌人已经来到了，彼得卢沙想到玛莎走不成了，感到非常伤心。战斗打响了，上尉能够保卫住要塞吗？玛莎会怎么做呢？

彼得卢沙回去后，和衣躺下，无法入睡。他准备明天一早就到炮台口等玛莎经过，跟她道别。他回想到佩洛格斯之后所发生的种种事，感慨万千，一波未平，一波又起，使得他没有过过一天安宁的日子。当然，他曾拥有一切——长官的提携、朋友的关照、玛莎的倾心，但后来几乎都失去了。现在在这大动乱的前夕，他反而平静了，好像一汪混浊的水经一番大震荡而澄清了。哀伤、忧郁、悲愁的情绪，一扫而光，代之而来的是同仇敌忾的心理、杀敌制胜的决心。一个军人的荣耀，就是挺身御侮、保国卫民，这是责无旁贷的。

夜无声无息地溜走，天空已出现一线曙光。彼得卢沙正要出门时，一位伍长来报称：所有的哥萨克人都离开了要塞，并掳走了尤莱。而且炮台附近，有陌生的骑兵在来回逡巡。

"玛莎走不成了！"

彼得卢沙首先就闪过这一意念，怎么办呢？他回了伍

延伸思考

【比喻手法】这句话把彼得卢沙的心理变化刻画的很细致，所有复杂的情感转化为保国卫民的决心和勇气。

长几句命令后，立刻往上尉家跑。正当他过街时——

"彼得卢沙！大事不好了！上尉差我来叫你，他在堡垒里，普——加乔夫已兵临栅外！"

原来是伊万，气急败坏地迎面跑来。

"玛莎走了吗？"

"来不及了，到奥伦堡的路已被切断，他已把我们团团围住！"

彼得卢沙跟着伊万一直向有木栅围着的堡垒走去，那是在一块天然的高地上。村子里所有的人都聚集在这里。驻防军荷枪站着。大炮昨天就移到这里来了。要塞司令米洛诺夫指挥若定，把他的少数兵士看作百万雄师似的，信心百倍。

栅外的荒原中，距离炮台不远处，约有二十个骑着马的人，从貂皮帽子与箭袋看来，他们是巴席克人。

米洛诺夫上尉在他的部队前走来走去，激励兵士说：

"我的孩子们，我们曾发誓效忠女皇，现在是我们守誓的时候，冲锋、杀敌，勇往直前，决不退缩！"

兵士们振臂高呼，表示拥护。

那群盗贼注意到炮台的动静，聚拢在一起，似乎在商议着什么。

上尉一见此情景，立刻命令伊万将大炮对准敌人，他亲自点燃火线，结果只听"吱吱"的声响，炮弹并没飞出去，显然是年久失修，发生故障了。但也把那些人吓得四散而逃。

此时，上尉的太太带着玛莎跑到堡垒来。

"咦？你们来干什么？"上尉惊问。

"战争进行得如何？敌人在哪儿？"上尉太太问。

"敌人刚走。"

"爸爸！"玛莎叫着。

"玛莎，你也来了，不怕吗？"

"不，爸爸，一个人在家，我更害怕。"

延伸思考

【语言描写】
老勤务兵伊万竟然由于过分的紧张和惊吓，连话都说不清楚，可见，当时事态紧急。

延伸思考

【情节描写】
作为一个指挥官，信心和勇气是最重要的，可见，米洛诺夫是一个优秀的指挥官。

延伸思考

【情节描写】
由于要塞长期疏于训练，武器也年久失修，大炮竟然没有响，真是出师不利。

玛莎跟她父亲讲几句话后,就看着彼得卢沙,勉强露出一丝笑容。彼得卢沙下意识地抓紧剑柄,想起这就是昨晚从玛莎手中接过来的那口剑;凭着它,能够保护爱人吗?

就在这个时候,从不远的一座小山后,出现一大队骑兵,还有成千上万的步行的人,带着长枪与弓箭。在他们中间,有一个穿着红袍、骑着白马、拿着出鞘佩刀的人,那显然是首领普加乔夫。

延伸思考
【人物描写】通过对普加乔夫衣着、佩剑的描写,表现了他威风凛凛。

普加乔夫勒紧马缰停住,大家立刻围住他。不久,有四个人骑着马向炮台急驰而来。其中有一人拿着一张信纸高举在头上,有一个在他的枪尖上挑着尤莱的头,跑近后就抛过栅来,正好落在上尉的脚边。他们喊道:

"请勿开枪,皇帝来了!"

上尉回敬一句:

"就要好好儿请你们一顿了,开枪吧!亲爱的!"

兵士们一齐开枪,拿着信的哥萨克人被打中了。跌下马来,其余的都逃回去了。

玛莎起先看到那血淋淋的头已吓呆了,后来那一阵枪声,又把她震昏了。她的母亲也乱了手脚。彼得卢沙忙过来照料。

延伸思考
【情节描写】从未见过战争场面的玛莎,亲眼目睹残酷的战争,怎么能不害怕呢?

上尉叫伍长去把那封信拿来,它还在那半死不活的哥萨克人手上。伍长就走出栅外,把信拿过来,也把那匹马牵回。上尉一看,咬牙切齿,一把将它撕碎。显然这是一封不客气的战书。

敌人已准备进攻。箭在他们的耳边"咻咻"响着,有几支射到木栅里来了。

"伐西丽莎,打仗不是女人该管的事,赶快带着玛莎走开,你看,她已吓坏了。"

伐西丽莎到这时已毫无主张,只好听从她丈夫的安排,眼看着栅外那黑压压的一群人,能不认命吗?

"伊凡,我们的生死都操在上帝的手中了。你这做父

延伸思考
【动作描写】这句话表现了上尉看完那封信以后愤怒的心情。

亲的，为玛莎祝福吧。玛莎，到你父亲那儿去！"

玛莎跪在她父亲面前，上尉在她头上画了三次十字，于是拉她起来，哑着嗓子道：

"我的乖女儿，玛莎，祝你幸福！常常祷告上帝，他就不会舍弃你。如果你嫁了人，愿你俩相亲相爱，像我跟你妈一样，一辈子和和乐乐地过日子。再见！玛莎，我的孩子！"

然后吻他女儿的额头，强忍着泪水，爱抚着她。玛莎抱着她的父亲，哭泣起来。她的母亲也顾不得安慰她，三个人哭成了一团。

【动作描写】这句话表现了上尉对玛莎深深的爱。

"让我们来吻别吧，我的丈夫，如果我曾经触怒你，请原谅，亲爱的伊凡！"

"再见！再见！母亲！好了，回家去！"

母女相扶着，低头走回去。

这生离死别的一幕，彼得卢沙看得眼眶都红了。本来想走过去安慰他们，后来一想，这是任何人都安慰不了的，就让他们去尽情发泄。

【心理描写】彼得卢沙也被上尉这一家人的生离死别的场景而深深地感染了。

这时，米洛诺夫对全体说：

"伟大的一刻马上要来临了！勇怯忠奸立即能分辨出来，同胞们，现出你们本来的面目吧！看！"上尉叫道，"敌人全面进攻了！"

霎时，呐喊声四起，敌人狂奔而来。大炮适时放出，这次"轰隆隆"几声，炮弹落在中央的一队，普加乔夫的队伍死伤不少，立刻散开又退却。

【情节描写】这句话写出了当时战斗激烈的场景。

普加乔夫挥着佩刀，鼓舞他着的部下。稍微静了一会儿，震耳欲聋的呐喊声又响起来。这次已逼近栅外，一门大炮已发挥不了多少作用了。

"好，孩子们！现在，开门。兵士们，前进！"

米洛诺夫上尉说着，就一马当先奔出，彼得卢沙与伊万跟在后面，驻防军却一动也不动。米洛诺夫回过头去喊道：

"怕死就不要当军人！你们别站着不动呀！前进，跟着我来！"

鼓手也停住了。就在这一刻，栅门垮了，敌人已冲进来。驻防军都把枪丢在地上，不战而降。

米洛诺夫头上被刀砍伤，血流满面，摇摇欲坠。彼得卢沙想去扶他一把，可是几个强壮的哥萨克人已将他紧紧按住，并用皮带把他绑起来。

"你是个贵族军官吧？看我们等一会儿如何处置你！"

他们拖着他走过大街。彼得卢沙看到有些顺民拿着面包和盐慰劳普加乔夫的军队（这是投降的表示）。彼得卢沙谅解他们，他没有嘲笑他们怕死，蝼蚁尚且贪生，何况人呢？谁忍心眼睁睁地看他们"慷慨牺牲"或"从容就义"呢？老百姓是没有罪的，虽然说"国家兴亡，匹夫有责"，但绝不至于非得"为国捐躯"。所以他此刻并不为自己赴难而骄傲。他很了解，这是军人的本分，也是军人的荣誉。

教堂的钟声响了，这是召集全体村民的讯号。

"到广场去，我们的皇帝要开庭审判！"

"有罪的受刑，无罪的开释！"

"公正无私的父亲（俄国人管沙皇叫'父亲'），绝不会冤枉好人！"

"父亲爱我们，我们也要爱父亲！"

"看好戏去吧，看我们剥那些虐待者的皮！"

民众你推我挤，熙熙攘攘地拥向广场。到处是火：村外的草原，被炮火点着，猛燃起来。村内也有人放火，稍好一点的房子顷刻间都变成灰烬。

延伸思考

【情节描写】驻防军看到敌人势大，个个贪生怕死，这也反映了当时政府军战斗力的软弱。

延伸思考

【心理描写】彼得卢沙对战争有了更深入的思考，他理解顺民的屈服，也注重军人的荣誉。

名|家|点|评

普加乔夫带大军来攻打要塞，战斗打响了。上尉一家三口哭泣着告别，这让彼得卢沙也深受感动。在战斗中，驻防军贪生畏死，放弃抵抗，使上尉重伤被俘。

壮烈成仁

名家导读

战斗结束了,普加乔夫开始了对军官们的审判。马克西姆向普加乔夫指认了上尉,上尉大义凛然,坚贞不屈。上尉的命运会如何呢,彼得卢沙能逃过这一劫吗?

延伸思考

【衣着描写】通过对普加乔夫衣着的细致描写,为我们展示了一个朴实、威严的农民起义领袖的形象。

上尉宅邸的台阶上,摆了一张有靠背的椅子。普加乔夫从屋里出来,大大咧咧地坐下。他穿了一件镶金线的哥萨克长袍,戴着一顶有红金穗子的貂皮帽子,帽沿盖眉。彼得卢沙一瞥,心跳了一下。好面熟呀,这个头领!

在他周围,哥萨克头目静静环立。

盖拉辛牧师苍白着脸,颤抖着手,拿着十字架,站在阶旁,嘴里喃喃不绝,好像在为俘虏向那"大王"讨饶。广场上,正在匆匆忙忙地搭建临时绞架,让人看了,触目惊心。

教堂的钟声已停,群众也不再喧哗了,周围一片死寂。

彼得卢沙他们被连推带踢地,像赶牲口似的赶到普加乔夫前面。

"哪个是要塞司令?"普加乔夫打破了静寂,用震动屋瓦的声音问。

延伸思考

【情节描写】马克西姆果然是要塞的叛徒。

从群众中走出了马克西姆,那个哥萨克巡逻兵,毫不犹豫地指着米洛诺夫上尉。普加乔夫怒喝:

"你胆敢反抗你的皇帝?罪该万死!"

受了重伤的上尉,拼了最后一口气,一字一句地迸出:

"你不是我的皇帝,你是强盗,冒名的罪犯,你才该千刀万剐!"

普加乔夫大喝一声,眉头紧皱,挥一挥白手帕,几个哥萨克人便上前抓住米洛诺夫,把他拖到绞架下。横杆上骑着那个老巴席克人,正是昨天受审的残废贼囚。他拿着绳子,把它套在曾赦免过他的司令颈上。

彼得卢沙眼睛一闭,再张开时,可敬的长官已悬在半空中!

他们又拖着伊万来到普加乔夫面前。伊万目击那悲惨的一幕,一颗同情"革命"的心早已冷到冰点。但是他仍然深信,有一天在俄国的民族与民族之间,会以开放取代压制,以同情取代鄙夷,以扶助取代欺凌的。

"向你的皇帝彼得三世宣誓效忠,饶你一条命!"普加乔夫不准备杀死这勤务兵。

"你这狗屁皇帝!你是无赖!流氓!"伊万不领他这份情。

普加乔夫挥一挥他的手帕,顷刻,伊万也被挂在他服侍多年的长官的旁边。

现在轮到彼得卢沙了。他慷慨激昂,已想好一些最激烈的话要回答普加乔夫。

"咦?那不是士伐勃林吗?"

彼得卢沙看到那群敌军头目中,竟站着剪了发、换了哥萨克袍子的士伐勃林,他也看到彼得卢沙了。士伐勃林走到普加乔夫身旁,低语一番。

"绞死这顽抗者!"

普加乔夫一听士伐勃林的话,勃然大怒,连看一眼彼得卢沙都没有,就大嚷着。

绳圈已套在彼得卢沙的脖子上了。

"上帝啊!在我成仁之前,我向你忏悔我的一切罪恶,求你宽恕,并祈求你,仁慈的天父,保佑我所有的亲友,使他们幸免于难!"

"大少爷,害怕了吧?"残忍的匪徒还这样向彼得卢沙调侃,"一会儿就叫你上天国。哈哈,也许是下地狱也说

延伸思考

【动作描写】
这句话表现了普加乔夫作为领袖威风凛凛的形象。

延伸思考

【语言描写】
通过这句话,表现了伊万大义凛然、不惧牺牲的精神。

延伸思考

【情节描写】
可恶的士伐勃林竟然也成了叛徒,这令彼得卢沙很愤怒。

延伸思考

【语言描写】通过对萨威里其语言的细致描写，表现了他当时激动、无畏的精神。

延伸思考

【语言描写】这句话把彼得卢沙大义凛然的形象刻画得淋漓尽致。

延伸思考

【情节描写】彼得卢沙并不惧怕死亡，他对萨威里其的劝告不理睬。

不定，嘻，你们这些人不入地狱，谁入地狱？"

他们正要把彼得卢沙往绞架上拉时，忽然——

"且慢！"

苍老而颤抖的一声叫喊，把广场上的人都震慑住了。彼得卢沙这一惊非同小可。

"糟了！萨威里其竟要来送死！"

萨威里其排开众人，跪伏在普加乔夫脚下，叩头如捣蒜地哀求：

"父亲呀，我的小主人碍了你什么呢？放了他，你可得到一笔赎金，随你要多少，我家老爷一定办到。如果你一定要吊死人来取乐，或者想杀一儆百，那么就请你绞死我这衰老无用的人吧！"

普加乔夫摆摆手，那些刽子手便放了彼得卢沙。

"这到底是怎么一回事？他们又要如何摆布我？可观的赎金的诱惑，抑或老仆的替死义行，感动了那杀人不眨眼的？恐怕没那么简单！"

死里逃生的彼得卢沙，糊里糊涂地又被拉到了普加乔夫面前。

"吻皇帝的手，吻皇帝的手！"

只听得周围有人这样催促。

"我宁可壮烈成仁，也不愿忍耻苟活！"

彼得卢沙虽被逼跪下，但坚决不作投降的表示。老仆站在他身后，焦急万分，碰着彼得卢沙，低声劝道：

"少爷，生死关头哪，不要太倔强了，这有什么大不了？吻那只手，那个该死的囚……咳！一会儿就过去了，没关系，快！"

彼得卢沙只求速死，毫不理睬旁边的人。普加乔夫讪讪地缩回他伸出去的手，微笑地自我解嘲：

"这小子显然乐昏了头，哈哈，让他起来吧！"

他们把他拉起来，彼得卢沙一头雾水，机械地看着面前继续发生的可怕景象。

村民都宣了誓，一个个鱼贯来到普加乔夫跟前，跪下，吻了吻十字架，然后低头而去。

驻防军诚惶诚恐地站着。一个连部的裁缝师,拿着一把钝剪刀,把他们的头发剪成圆圆的哥萨克式。他们抖下衣服上的短发,就走到普加乔夫那里,吻他的手。

"我都饶了你们,因为你们没有作丝毫抵抗,但是加入我的军队后可不行哦,见到敌人就要拼命到底。那些什么皇军是不堪一击的,你们不要怕,你们看,我们刚才也不怕吧!"

实在说来,打下这关口,简直不费吹灰之力,难怪他得意忘形地胡扯一通。

这幕受降闹剧,整整演了三个钟头之久,终于圆满结束。其实不然——

普加乔夫懒洋洋地从椅子上站起来,走下台阶。头目簇拥着他。这时阶下已牵来一匹配着华丽马具的白马。两个哥萨克搀扶着他,帮他骑上马。

"我要到你那里去吃午餐。"普加乔夫对盖拉辛牧师说。

牧师哪敢怠慢,忙在前面带路。

忽然,大家听到一个女人声嘶力竭地叫喊。可怜的上尉夫人被几个强盗拉扯上来,衣裳被撕破了,几乎不能蔽体,披头散发,满脸污垢。

"带我到伊凡那儿去,让我见他最后一面吧!"

彼得卢沙掩面欲泣,实在不忍看这惨绝人寰的一幕。萨威里其也低下头来唏嘘着。

上尉夫人见没有一个人理她,痛哭流涕,呼天抢地。骤然,她瞥见了吊在空中的上尉,立刻死命地挣脱敌人的魔掌,像箭一样飞奔过去,因为用力过猛,在只有二十步的距离内就跌了好几跤,才好不容易仰起头来看着她的丈夫:

"死贼囚!你们如何对付他呀?我的光明,我的唯一的希望。伊凡呀!大无畏的俄罗斯模范军人,瑞典的刺刀、土耳其的子弹,都奈何不了你,今天为什么落得这般下场?你没有光荣地死在战场上,竟莫名其妙地毁于强盗的手里!你怎么能够瞑目,我又如何甘心呀!"

普加乔夫无动于衷地听着伐西丽莎的死前哀鸣,冷冷

【情节描写】国家的驻防军竟然不作丝毫抵抗,就弃械投降,可见,国家的腐败到了极点。

【人物描写】通过对上尉太太衣着、外貌的描写,说明了上尉太太被俘后的惨景。

【动作描写】这句话写出了上尉太太看到自己的丈夫被绞死后悲痛欲绝的场景。

地笑了两声，平静地下令：

"这个疯婆子活得不耐烦了，给她一刀吧。"

一个孔武有力的手下，挥刀往她头上砍去，她便死在绞架下。

普加乔夫眼看一干人犯都已处置完毕，咧开嘴巴，哈哈大笑，骑着马，耀武扬威地向隔壁的教堂而去。

看热闹的群众也渐渐散了。现在，广场上只剩下彼得卢沙主仆两个。彼得卢沙望着两具绞架上的人，眼泪簌簌地流下，终于放声大哭。

延伸思考
【心理描写】看到昔日慈祥的长官和战友被绞死，彼得卢沙悲痛的心情难以掩饰。

多么值得尊敬的人哪！往日他只觉得这个上司虽是一家之主、一村之长，却处处受制于太太，好像标准的怕老婆男人，行为近乎怯懦。但是看到他后来的一切表现，如强敌压境时镇静如常，临阵指挥若定，斧钺当前大义凛然，彼得卢沙不禁肃然起敬。对上尉夫人的牺牲更是心痛如绞。两年相处，对这位好心的老太太，几乎产生一种敬慕之情，也谅解了她几近"跋扈"的行为。她丈夫对于日常琐事，的确是优柔寡断的，如果没有她的协助，恐怕会一团糟。而且既然她的丈夫都服从她，别人何须置喙？对伊万的忠烈，他也佩服万分。彼得卢沙从前以为他只是一个勤务兵而已，不懂得什么，没想到有一次听他与上尉夫人的谈话，使彼得卢沙对他重新估价。此番"陪殉"长官，表现出忠肝义胆的精神，真要愧煞那个巡逻兵马克西姆。马克西姆也是上尉平时相当宠信的人，没想到这次竟成为指证人，真是狼心狗肺呀！

延伸思考
【情节描写】作为勤务兵，并非军队的长官，伊万完全有生还的机会，可是他却大义凛然，最终为忠义而死，这的确令人肃然起敬。

还有玛莎，玛莎哪里去了？

名家点评

上尉面对普加乔夫，大义凛然，最后被绞死。伊万作为上尉的勤务兵，只要宣誓效忠普加乔夫，就可活命，可是无畏的伊万不惧死亡，英勇就义。彼得卢沙在即将被绞死的千钧一发之际，萨威里其拼死求情，才保住了性命。

玛莎在哪里

名家导读

彼得卢沙疯狂地寻找着玛莎的下落。当他来到玛莎的闺房，发现这里被翻腾的一片狼藉。在牧师太太那里，彼得卢沙打听到了玛莎的下落。玛莎现在的情况怎么样？她能够逃过这一劫吗？

彼得卢沙想着上尉夫妇的命运，对玛莎的遭遇不禁恐慌起来。她到底遇到了什么？她藏起来了吗？怎么没跟她母亲在一起，如果被缚，怎么没到广场上来受审？凶多吉少！忽然，彼得卢沙拔腿狂奔，不管萨威里其在后头直叫："少爷，回去吧，上尉屋里都空了，不会有人在的！"

死者已矣，他已无暇哀悼，现在他关心的只是上尉的女儿。冲到阁楼，玛莎的卧室，果然一片凌乱。暴徒在这里翻箱倒柜过，五斗柜的抽屉都抽出倾倒在地上。衣服都被抢走了，只剩下墙上的一些圣画，还有一个小圆镜，圆镜里映出血丝满布、怒火中烧的两只眼睛。彼得卢沙瘫软在地板上了。这间朴素的闺房主人哪里去了？"玛莎！亲爱的！你是否无恙？"他如醉如痴地喃喃低语，伤心到了极点，欲哭反无泪。他第一次来到她的闺房，所见的竟是这样一幅景象！

好一会儿，彼得卢沙才撑起身体，从狭窄的楼梯走下。哇！这厅堂成了什么样子！简直不忍目睹：几乎抢掠

延伸思考

【语言描写】连续急切的发问，表现了彼得卢沙当时非常担心、慌张的内心感情。

延伸思考

【情节描写】作者巧妙地运用小圆镜描写了彼得卢沙当时憔悴的表情和发怒的心情。

一空，只剩下残破的桌子、椅子、箱笼，精美的摆设用的瓷器，被摔得碎片满地。

彼得卢沙忽然听见一阵窸窣声，从身后传来。屏气凝神，不敢动弹，他怕是哪个强盗贪图剩余物资，想再来搜刮去。

"少爷！"女人的声音轻喊，又叹了一口气，"多么恐怖的一天啊！"

原来是帕拉士卡！

"玛莎在哪儿？她还好吧？她跟你躲在一起吗？"

"没有，我自己一个人躲在楼上的床下。我们的小姐到阿库丽娜那边，不知怎么样？"帕拉士卡由于受惊过度，讲话有气无力。

"牧师太太！天呀，普加乔夫就在那儿！"

彼得卢沙飞也似的向教堂奔去。远远地就听到里面传出喧闹声，大叫大笑，像在庆祝狂欢一样。普加乔夫他们正在开庆功午宴。

到了门廊，彼得卢沙向跟随而来的帕拉士卡说：

"你悄悄地为我请来牧师太太好吗？"

不久，牧师太太来到他们面前，手里拿着空瓶子。

"是你呀，你怎么没有受……"

牧师太太发现失言，忙掩住了自己的嘴巴。

"好心的太太，我请问你，玛莎在这里吗？"

"是呀，可爱的姑娘，她正躺在我床上，就在矮矮的石屏风后。"

"我现在就去看她。"彼得卢沙心急如焚。

"怎么可以呀？那些禽兽不如的东西正在里面大闹呢。他们要我们再去备酒，我才能溜出来哩。"说着，扬了扬空酒瓶。

"玛莎没事吧？"

"很好，很好，啊，刚才差点遭殃，幸好吉人天相，给蒙混过去了。偏不巧，可怜的玛莎在普加乔夫坐下时，

延伸思考

【语言描写】
从这句话中可以看出，这个女人受到了很大的惊吓。

延伸思考

【动作描写】
这句话通过刻画彼得卢沙飞跑时的速度之快，表现了他当时急迫的心情。

延伸思考

【动作描写】
牧师太太由于见到彼得卢沙非常惊奇，竟然忘记了修改一下措辞，以至于出现了非常尴尬的局面。

幽幽地叹了一口气。那强盗头子倒也耳尖，竟听到了。问我：

'老太婆！你屋子里还有谁？'

'陛下，我侄女，她病了。'我行了一个最恭敬的礼，腰弯至膝。

'让我看看她，多大年纪了？'

'十，十三——遵命，不……不过，她病得很厉害，不能下床，到……到陛下面前……'

'没关系，我到她床边去看好了。'

他就迈开大步走去，我真给吓坏了，万一他发现我说谎——玛莎二十了吧——怎么办？

他掀开帐子，看了又看：

'好清秀的小姑娘，病了多久？什么病呀？'

我胡乱支应着。幸亏玛莎不认识他，否则，杀父母的仇人在眼前，再弱的弱女子也会起来跟他拼的。"

"牧师太太，你真做了好事了。"

"玛莎是我从小看大的，我自己也没有一男半女，完全把她当作亲生女儿看待。玛莎也蛮乖巧，对我比对她母亲还听话，我就算为她赔了一条老命也是值得的。她的母亲伐西丽莎，死得好惨，她的父亲也一样。你，他们为什么放过你呢？还有士伐勃林，呵，真是个伶俐的家伙，早先就剪了人家的头，穿了人家的衣，现在同人家在一起乐！聪明人哪！"

"他在里面吗？那时候他在不在？"

"你说普加乔夫发现玛莎的时候呀！他也站在一旁，直盯着我瞧，好像要把我看透似的。谢天谢地！他居然半声不响，没揭穿我的谎言。奇怪，他竟然帮我隐瞒。"

"他另有打算，这个你不会知道。"

"什么打算呀？哦，我不能再耽搁了，彼得卢沙，赶快回家躲起来，不然那群疯子发现，恐怕不会再饶过你了。醉汉可能变和气也可能变凶暴。再见，彼得卢沙，要

【语言描写】
这句话表现了彼得卢沙对牧师太太的感激之情。

【语言描写】
这句话表现了牧师太太对于玛莎一家的遭遇表示深深的同情和怜悯。

【语言描写】
不明内情的牧师太太还不知道士伐勃林为什么没有揭穿自己。

来的通通让它来吧！上帝总不会把我们全部抛弃吧！"

彼得卢沙听牧师太太这么一说，才稍微释怀。玛莎暂时保住了性命，往后虽不知如何变化，但如今只好走一步算一步了。

他便踏着沉重的步伐走回家。路过广场时，只见有几个巴席克人围着绞架，用力拉下死者的靴子。彼得卢沙虽然义愤填膺，但也不便去横加阻拦，跟他们发生冲突。逞一时意气，对死者有什么用呢？说不定还会惹来杀身之祸哩。

普加乔夫的部队还在肆虐，军官们的住宅都被搜掠一空。彼得卢沙心知自己也不能幸免。果然萨威里其在门口迎接他，就嚷着：

"一切都完了，什么也不给我们留下，多狠心哪！带不走的也捣毁，你看有这样坏心眼的人吗？猪狗不如的蛮子！"

"有，萨威里其，他们为我们留下了东西——"

"什么呀？我一样都没找到，不用说穿的、戴的，就是吃的、喝的都没有哇！"

"你我两颗头，不都还在吗？"

"少爷，瞧您还有心开玩笑！不过，说真的，他们居然刀下留人，真不简单。哈哈，说来倒也没什么！你难道认不出吗？"

"谁？你说什么？"

"普加乔夫呀！我永远记得他。一件崭新的兔皮袍子都给撑裂的大老粗，我还会忘掉呀？"

"喔，怪不得乍见之下，觉得似曾相识。"

"哈，少爷毕竟想起来了。"

"他这回是感恩图报哩。"

"哼，他欠了我们那么多人情债，不还对良心怎么过得去呀！"

"你说他们这种人有良心吗？有良心的人会做这种打

【心理描写】
从牧师太太这里得知玛莎安然无恙，彼得卢沙惊恐的心情总算平静了下来。

【情节描写】
面对战争的残酷，年轻气盛的彼得卢沙逐渐变得冷静起来。

【语言描写】
连老实忠厚的萨威里其都忍无可忍的大骂起来，可见普加乔夫的军队的残暴行为已经到了极点。

家劫舍、杀人放火的勾当？"

"那，这只能说他一时高兴，把你放了。危机还没过去呢。"

"在魔鬼的掌握中，谁都是朝不保夕的。"

"少爷，我们都要加倍小心呀。"

"我要冲杀出去。"

"别急，再忍耐点，与其做无谓的牺牲，倒不如留着有用之身，伺机而动。"

"可是这样多窝囊呀，我宁可当时就被绞死算了。"

"少爷怎可说这种话呢？我萨威里其拼了这条命才把你从鬼门关救回来，老实说，那时我还没认出他来，一点把握都没有呀！"

"对不起，谢谢你。"

"好好儿想想，一动不如一静，事情总有转机的时候。你饿了吧，我去为你准备吃的，虽然被抢得一干二净，左邻右舍大概会给我们一点的。"

萨威里其出去了，室内只剩下彼得卢沙一个人，他又陷入忧思焦虑中，坐也不是，站也不是，好像热锅上的蚂蚁，惶惶不可终日。

延伸思考

【心理描写】战争突然降临，上尉夫妇惨死，玛莎前途未卜，彼得卢沙朝不保夕，这样的形势彼得卢沙如何能够静下心来呢？

名家点评

玛莎在牧师太太的保护之下，暂时是安全的，彼得卢沙焦虑不安的心情稍微平复了一些。牧师太太对士伐勃林当时没有揭穿自己的举动大惑不解。萨威里其告诉彼得卢沙那个普加乔夫就是他们那天在暴风雪之夜救起的那个流浪汉，所有的一切，让彼得卢沙恍然大悟。

上尉的女儿

绞架之歌

名家导读

物是人非的惨景使年轻的彼得卢沙感慨不已。普加乔夫请彼得卢沙去做客,彼得卢沙非常不情愿的应允。在宴会上,彼得卢沙会有什么样的经历呢?这会是一次"鸿门宴"吗?

投降?这绝对不在考虑之列,但如果普加乔夫以生命威胁呢?死就死吧,为国牺牲是一件光荣的事。他难道能向普加乔夫摇尾乞怜,学士伐勃林那样?士伐勃林这个他一向不齿的人,真是个识时务的"俊杰"。见风转舵,有奶便是娘,人格扫地,简直辱没了贵族军官的身份,想来真为国家花钱培养这种人痛心不已。

或者,以"救命恩人"的姿态,向他讨情,求他"放生"?这跟前面的行为一样无耻。充其量不过是五十步笑百步而已。这也不是男子汉所做的事。

既不投降又不接受"安插",难道就不是尴尬地混下去吗?普加乔夫能容忍?自己也不害臊?

荣誉心与责任感驱使他希望早点脱离这狐群狗党,到自由区继续为国效命,但强烈的爱情又鞭策他要留下,留下当玛莎的护花使者。柔弱的孤女呀!双亲惨遭杀害,这世界上再没有一个亲人了。

普加乔夫虽没有亲自杀死他们,但无疑是个罪魁!他

延伸思考

【心理描写】这句话把彼得卢沙进退两难的矛盾心理刻画的淋漓尽致。

恨不得手刃普加乔夫，为玛莎一家复仇。但这可能吗？他现在已雄霸一方，随从如云，任何人都不能轻易靠近他，即使有机会下手，也会被他的手下碎尸万段的，这不是太不值得了吗？

"普加乔夫呀！要是在两年前，我要你死，还不简单！不救起你，让你冻死不就得了。没想到雪地上救起的一条命竟害了那么多人！我没杀那些无辜的老百姓，但他们实因我而死，这是谁的罪恶？"

【心理描写】
彼得卢沙为自己当初救起普加乔夫而感到懊悔万分。

彼得卢沙如潮的思绪被一个跑来的哥萨克人打断了。
"我们的皇帝要你到他那儿。"
"他在哪里？"
"在要塞司令米洛诺夫的宅邸里。"
"我马上跟你去。"

彼得卢沙写了一张便条给萨威里其，告诉他自己的行踪，并要他做好了饭先吃。路上，这个哥萨克人滔滔不绝地跟彼得卢沙讲普加乔夫的"天赋异禀"：

"午宴过后，皇帝洗了个土耳其浴后就睡着了。先生，不是我吹嘘，你处处可看出他出身的高贵。他食量比任何人大，能吃光两只烤乳猪、一只鹅，又喝了半打伏特加。在蒸气浴室，一再命令加火，伺候他的人要叫旁人用冷水浇才待得下去，而我们的皇帝看样子洗得蛮舒服的，没叫一声吃不消。你看，这有多棒！还有呢，他向我们展示他天生为皇帝的标记：在他的胸前，一边刺着两头鹰，一边刺着他自己的肖像……"

【情节描写】
彼得卢沙意识到与这种无知的人辩驳，只会是自找没趣。

彼得卢沙暗自好笑，心里想："你没看过他的落魄样子呢，吹什么吹！但马上警悟，与他辩驳，不也太无聊了吗？倒显得跟这种浅薄无知的人一般见识，多不值！所以他不搭腔，让这个皇朝"新贵"说了个够。"

【景色描写】
通过描写昏黄的夕阳景色，衬托了绞架场的荒凉和残酷。

这时夕阳早已西下，室外昏黄一片，但是高高的绞架上的牺牲者依稀可辨，晃晃荡荡的。衣服、鞋袜被剥光，难道要给他们做"露天葬"，什么时候才准亲友收殓呢？

上尉的女儿

阶前站着两个卫兵,不准彼得卢沙进去。哥萨克人进去通报。彼得卢沙等着,想着昨天他就在卫兵所站的这个地方,跟玛莎分手,只隔了一天,谁料到人事全非!玛莎被迫移居,主人已死去,房子被霸占。现在,这才真正变成了伤心之地。

彼得卢沙满心不乐意地进去,就要再度面对那个杀人魔了,不,这次应该是第三次。可怜的流浪汉,向陌生人讨酒喝的乞儿之流,竟摇身一变而为俄罗斯大帝国的威胁者!彼得卢沙所经历的一切,使他不得不感叹世事沧桑、造化弄人了。

延伸思考

【心理描写】
世事变迁无常,如今物是人非,这一切令彼得卢沙感慨万千。

延伸思考

【人物描写】通过对人物衣着的描写，表现了普加乔夫这伙人粗鲁的性格特点。

延伸思考

【情节描写】如今的彼得卢沙哪里还有心思来享受这美味呢，和这帮粗鲁的人同席而坐都让他……

延伸思考

【人物描写】通过对普加乔夫外貌、动作的描写，烘托了普加乔夫当时春风得意的心情。

延伸思考

【情节描写】普加乔夫和同僚之间称兄道弟、平起平坐的风格使彼得卢沙感到非常惊奇。

　　十几个哥萨克头目与普加乔夫围满一桌，桌上杯盘狼藉，大家都喝得酩酊大醉。他们穿着五颜六色的上衣，皱巴巴的肥裤子，帽子都没摘下，油光满面。

　　彼得卢沙发现座中竟没有士伐勃林、马克西姆等一班新靠拢的奸细。

　　"哈，你来了。早上受惊了吧？来，我为你压压惊。"

　　普加乔夫殷勤地招呼他。他们都挪挪位子，挤出一个空位让彼得卢沙坐。

　　彼得卢沙的邻座，一个体格魁梧而面孔漂亮的哥萨克青年，客气地为他倒了一杯酒。彼得卢沙毫不领情，一口也不去尝它。实在说来，眼前的光景使他对满桌的佳肴美酒失掉了胃口。

　　普加乔夫坐在首位，胳膊肘横放在桌上，用拳头托腮，显得很愉快的样子。模样儿跟两年前倒没什么变化，只是更壮实而已。杀伐生涯竟没有使他变得狠戾，他依旧谈笑风生，眉飞色舞。举座随他的喜怒而喜怒，但却没有一个人卑躬屈膝地逢迎巴结他，大家像同僚似的有商有量，其中有两个几乎如同平起平坐似的。他跟一个五十多岁的人谈得最多，称呼他时，有时是伯爵，有时是吉莫费伊奇，有时好像是大叔。

　　他们谈话的内容是关于今早的战争及将来的行动方向。他们互相标榜，你赞我，我捧你，闹得不亦乐乎。对普加乔夫的意见有时也严厉批评。最后这怪诞无比的御前军事会议决议：

　　"明天进攻奥伦堡！"

　　简直是胆大妄为，他们也许今晨太容易得手，所以不知天高地厚，竟欲作"以卵击石"的傻事！那时，彼得卢沙是这样想着。

　　"好，各位弟兄们，休息前让我们高歌一曲我们喜爱的歌，屈马可夫！唱呀！"

　　彼得卢沙的邻座站起来，用男低音唱出窝瓦河畔的纤夫拉纤时所唱的歌：

嘘！别闹，浓绿的橡树林，
请不要打扰我高尚的默想。
明天我就要去接受审讯，
那最慈悲的判官，就是我们的皇上。他一定会亲切地问我：
你烧杀抢夺，跟哪些人？
还有多少呢？你的同伙！
我毫不隐瞒地供认：
我仅有四个亲爱的伙伴，
尊贵而英明的陛下呀！第一个是黑暗的夜晚，
第二个是大刀一把，
第三个是一匹千里驹，
第四个是硬弓一具，
还有利箭几支，那是我的密探。
你多么光彩！勇敢的庄稼汉！你大胆地掠取，坦白地招承，
我无法不颁赐厚厚的奖赏：
在广场中央高高的工程——
两根柱子及一条横杠！

全体都跟他齐唱起来。曲调忧郁，乐音和谐，歌词优美，使爱好诗歌、音乐的彼得卢沙不由得产生了共鸣，也跟着哼唱。这本来是为受绞刑者所唱的民歌，后来变成纤夫之歌，现在却在他们的庆功晚宴上听到。彼得卢沙想着，也不禁哑然失笑。早上他赴刑时，倒没听到有人唱呢。

延伸思考

【语言描写】歌词表现了普加乔夫这伙人豪放的性格特点。

名家点评

彼得卢沙来到普加乔夫的住处，在这里他看到了普加乔夫和自己的政府军队很不一样，他们没有明显的上下级关系，这让彼得卢沙感到大为惊奇。

危险的玩笑

名家导读

普加乔夫要求彼得卢沙加入自己的军队,因为出身高贵的彼得卢沙如果能够加入自己的军队,可以使自己军队的影响力大大增加。倔强的彼得卢沙会同意普加乔夫的要求吗?

筵席散后,普加乔夫留下彼得卢沙。

两个人面面相觑了好一会儿。普加乔夫闭起左眼,笑将起来。彼得卢沙也被逗得莫名其妙地跟着笑了。一忽儿普加乔夫敛容,故作威严:

"嗯,先生,你不用否认,当我的勇士要把你吊上去时,你吓得魂儿都快飞掉了吧?你一定以为天塌了、地陷了、世界末日到了,对吧?我及时救下你,正像你及时救起我一样。哈哈,那糟老头子、吝啬鬼、守财奴,我一下子就认出来,还是服侍得周周到到,竟要替他的小主人死,这哪里打动得了我?——这套把戏我看多了,不过多半是父母要替儿女死,像你们主仆情深却也少见。要不是你对我有救命之恩,嘿嘿,我是从不刀下留人的。"

人情说破不值钱,彼得卢沙厌恶地听着,瞧他口沫横飞地猛表功,直感到好笑。原先还存着一丝敬意(究竟非恩将仇报似马克西姆之流的人)也荡然无存。瞧他越讲越高兴,自己简直无从插嘴,直到尾声,普加乔夫竟冒出一

【情节描写】对于普加乔夫的赦免,倔强的彼得卢沙并不买账。

句,不,这也是彼得卢沙预料到的:

"我已报答了你的恩情,你用什么报答我呢?"

老天!"恩恩相报",循环不息,何日才得了结呀?

"……"

"我所谓的报答并不是令尊的巨额赎金,我要的是你——你能当我的大元帅吗?我还要封你为亲王。嘿,小老弟,怎么样?"

多好的如意算盘!最初彼得卢沙仅以为普加乔夫的"恩典"纯是感情作用,原来另有企图。一个贵族军官加入,这种号召力是没法估计的,实在比劝诱一百个人入伙更有用。所以如果能够说服彼得卢沙,不只是增加一支生力军,简直像注入新血那样宝贵。

"……"

普加乔夫眼见他的第二次发问又没有反应,脸上有点挂不住,但为了顾全大局,勉强按捺下火爆的性子,再鼓起如簧之舌:

"我这样做,完全是感恩图报,没有其他用意。"

别无目的?骗鬼!欲盖弥彰罢了!像自吹自擂前的一句"不是我吹牛",逢迎拍马前的一句"绝非溢美之词"。

"……"彼得卢沙第三度作无言的抗议。

"难道我对你所做的是不情之求吗?"普加乔夫忍不住反问道,语气已有点不耐烦了。

"普加乔夫先生!站在你的立场,这是格外施恩,你当然想不到居然有人会加以拒绝。然而请你为我考虑一番,我虽然只是一个地位低微的军官,但是我出身贵族,效忠皇室是我的本分,所以说什么我也不会降志辱身的。"

"好个忠君爱国的青年!但我也是俄罗斯的皇帝呀!彼得三世耶!"

"自欺欺人!"

强烈的荣誉感终于战胜了人类贪生怕死的弱点,使得彼得卢沙不顾后果地戳破了普加乔夫的鬼把戏。

"呵呵——哇——哈哈——"

> 【情节描写】
> 普加乔夫赦免彼得卢沙不仅是为了报恩,更重要的是想利用彼得卢沙。

> 【比喻手法】
> 这句话形象地现了彼得卢沙加入普加乔夫军队所能起到的巨大作用。

> 【语言描写】
> 彼得卢沙的默不做声,在慢慢消耗着普加乔夫的耐心。

没想到这个叛军头儿不但没有恼羞成怒，反而开怀畅笑。

"叫你给一语道破了！每次当我自称是彼得第三时，就感到好笑，谁不知道彼得第三早已被那外邦的贱妇给毒死了呢？所以说呀，当今占据彼得堡的那个臭女人还不是谋杀亲夫才窃取到皇位的？有什么了不起呀？我堂堂哥萨克酋长哪点儿比她差呀？"

普加乔夫口中的贱妇、臭女人，是指当是俄罗斯女皇凯瑟琳二世，她未嫁彼得三世前是日耳曼公主。彼得三世昏庸无能，游手好闲，他的太太恰恰跟他相反，聪明能干，勤于政事。一七六二年夏天，凯瑟琳二世以其夫违反祖制（彼得大帝的改革制度）为借口，派人暗杀掉了彼得三世，旋即自立为帝。

彼得卢沙虽然不在京师，但是从马路传闻中，隐约知道这件事，现在被普加乔夫这一问，倒弄得哑口无言。普加乔夫看他窘住了，本没有存心给他下不来台，所以赶快自打圆场：

"俗话说：个个牧师都是父亲，你何必拘泥于什么你的女皇、我的皇帝呢？"

"不，我已宣誓效忠，再说，她毕竟是名正言顺的嗣位之君呀！"

"管她来路正不正，我们谈我们的。好不好，做个元帅如何？"

"……"彼得卢沙仍以沉默作答。

"死脑筋，没办法，像你的同僚士伐勃林多干脆！自动请降，乖乖就范，真是听话的龟孙子呀！哪像你，任凭我说破嘴唇，不依就是不依。好，你既然不依——"普加乔夫声音大大地提高了。

"我宁愿死。"彼得卢沙坚决地说。

"多不值得呀，你到底为谁死？口口声声说效忠女皇，早跟你说过，她不是什么好货呀。何必像那司令那般傻？当然了，他也聪明，降也是死，不降也是死，何不慷

上尉的女儿

【情节描写】
彼得卢沙对普加乔夫反常的行为感到疑惑不解。

【情节描写】
皇室家族的明争暗斗，使贵族出身的彼得卢沙的优越感荡然无存。

【语言描写】
这句话表现了彼得卢沙誓死效忠皇室的坚定决心。

慨就'义'，倒落得一个'殉国'的美名。你原可以活得好好儿的像我们现在一样，大碗喝酒、大块吃肉、大把分金银——哈哈，你这个纨绔子弟，不在乎这些，但生命难道不爱惜吗？故园的爹娘倚门倚户地盼你早一天衣锦还乡，谁想到你竟客死异地！"

"先生，这你就错了，我一来正是为了维护我父母的名誉，才不肯投降，我想他们也是宁可让我以身殉国，也不愿我玷辱家族的名声的。二来就是你所看不起的爱国精神，促使我一再违抗你的'圣旨'。你应该知道，皇帝只是国家的象征罢了，当然谁在位都无所谓。但是如果没有这么一个中心人物来领导我们，将变成一个多么混乱可怕的局面啊！所以你别笑我拥护一个不守妇道的女人，我只是爱我的国家罢了！"

"我可不是你们俄罗斯人呀！"

"你们当初不是诚意归顺了吗？"

"皮鞭、桎梏、长枪、利刃之下的服从，能说是出自衷心的愿意吗？"

"要求公平待遇是合乎情理的，但要慢慢来，绝不能出此叛逆下策。"

"好了好了，你在对我'晓以大义'吧。所谓'慢慢来'要如何慢法？我们哥萨克人哪辈子才能跟你们大俄罗斯人携手并肩？"

"无论如何，你在开危险的玩笑！"

"好新鲜的名词儿！危险的玩笑！不，我正在为我的大帝国奠基。"

彼得卢沙暗忖，普加乔夫的迷梦并非三言两语就可以点醒，于是没好气地说：

"随你如何处置，我是不降了。"

"好！好！男子汉大丈夫！我欣赏你这威武不屈的气魄。你既然随我处置，我也随你自己安排。你的恩情，我说什么也要报的。"

"那让我到奥伦堡去。"

【语言描写】 普加乔夫的苦口婆心能说服坚决的彼得卢沙归降吗？

【语言描写】 高压之下的服从是不会长久的。

【情节描写】 由于立场不同、身份地位不同，两人的谈话分歧严重，彼得卢沙感觉普加乔夫是在做自己的春秋美梦。

普加乔夫想了一想，摇摇头说：

"这不成了纵虎归山？"

见彼得卢沙皱眉不语，稍停，好像想起什么似地，又说：

"可以是可以。可是我要跟你做个君子协定：第一，你不可将我的虚实透露出去。第二，去那里别再加入军队。"

"那我不成了逃兵？这跟投降还不是一样？"

"我一时昏了头，胡说八道，请原谅啊！"

"你自己也带过军队，当然知道抗命的后果是什么，我绝对逃避不了自己的职责。你是个赫特曼（哥萨克语，领袖的意思），一定要求部下绝对服从，奥伦堡的将军也是一样，他命令我做什么，我就要做什么，即使是打击你。"

"这样，有一天我们又会在战场碰面，如果你仍处于劣势呢？"

"天意如此，有什么办法？不过如果你落在我手中——"

"怎么样？"普加乔夫忙问。

"定斩不饶！"

"哈哈，好个铁面无私的男人！"

普加乔夫再度为彼得卢沙的坦率而开怀大笑，拍拍彼得卢沙的肩头：

"睡去吧，我也困了。明天来向我辞行。然后，任由你浪迹天涯！"

名|家|点|评

彼得卢沙拒绝了普加乔夫想让自己归降的要求。普加乔夫对彼得卢沙的勇气非常赞赏，而彼得卢沙却成普加乔夫为叛乱行为进行了指责。普加乔夫为了报恩，同意放彼得卢沙回奥伦堡。

延伸思考

【细节描写】彼得卢沙的皱眉不语，使普加乔夫感到自己报恩的诺言没有诚意，所以他似乎又改变了主意。

延伸思考

【语言描写】倔强的彼得卢沙是不会接受这样的条件的。

延伸思考

【动作描写】彼得卢沙获得普加乔夫的赞赏，并不仅是因为自己曾经救过普加乔夫，更重要的是因为自己的勇敢和坦率。

义释彼得卢沙

名家导读

普加乔夫任命士伐勃林为要塞新的总司令，这使彼得卢沙更加担心玛莎的安全。忠实的老奴萨威里其在普加乔夫欲要出征之时递上来一个纸条。纸条上的内容是什么呢？彼得卢沙为什么替萨威里其捏了一把汗呢？

一大早，彼得卢沙就被鼓声惊醒。"噢，他们干什么呀！对，他们还没"平定"多少地方，时时刻刻都在备战状态，所以学正规军的样儿，早晚集合点名。或许他们又要开拔了，往哪里？奥伦堡？没这么快吧？"

彼得卢沙狐疑不定，匆匆漱洗，连忙跑到广场去。只见一排排整齐的队伍，哥萨克人骑在马上，步兵荷枪实弹，旗子飘扬在空中。还有几门大炮，佩洛格斯克那门老爷炮也在里头，都整整齐齐地摆在炮架上。

要塞所有的人也都齐集一起，等候普加乔夫。不久，有个马夫牵了一匹壮丽的吉尔吉斯草原特产的白马，停在台阶下。

普加乔夫出现了，群众欢声雷动，大喊："乌拉（俄语，万岁的意思）！"他站在阶前，挥手示意。这时有一个随从递给他一包铜钱，普加乔夫带着笑容接过来，一把把地掏出，再往阶下撒：

"孩子们，给你们一点零钱花吧！"

延伸思考

【情节描写】通过描写普加乔夫坐骑白马的壮丽和气势，来反衬普加乔夫在军队中的核心地位。

老百姓欢呼声四起,蜂拥到前面捡钱,乱挤乱踏,几乎演出踩死人的惨剧。

彼得卢沙目睹这一幕奇景,深叹普加乔夫此举虽显出草莽的本色,但也不脱"暴发户"的作风,这样胡搞,绝不可能持久的。

士伐勃林也在那些大头目中,胁肩谄笑,竭力献媚。彼得卢沙瞧他那丑态百出的怪相,不禁露出轻蔑的神色。士伐勃林也察觉到,马上背过脸去,装出一副神圣不可侵犯的样子,公然表示敌意。

延伸思考
这句话把卑鄙的士伐勃林溜须拍马、极尽谄媚之能事的神态刻画的淋漓尽致。

普加乔夫撒完钱后,抬头一看,正好看到彼得卢沙,就招手示意他近前,并说:

"我知道你向往奥伦堡。立即到那儿去,通知省长与督军,叫他们候着,一星期后我会上那儿接受他们的殷勤招待。祝你一路平安,小伙子!我招兵买马去了,再见!"

然后,他转向民众,指着士伐勃林说:

"孩子们!我任命他做你们的新司令,好好儿听他的话,别作怪啊!"

彼得卢沙被他这两段话,弄得惴惴不安。放他走毕竟还是有点作用的,要利用他当使者。当然普加乔夫也可以不宣而战,根本不需要这道手续,可是这样一来,不是显得更气派了吗?但没有通行证,要他如何叫开奥伦堡的城门?而且最大的恐惧——士伐勃林当要塞长官,玛莎怎么办?这个他一向垂涎的姑娘不就落在他手中吗?他会用什么手段对付她呢?

延伸思考
【心理描写】和自己素来有矛盾的士伐勃林成了司令,那自己心爱的玛莎的安全还有保障吗?

普加乔夫下了阶沿,拍拍马屁股,一跃而上,这次他身手矫健,再不需随从帮忙。昨天大概是故示尊贵,所以要那么多人搀扶吧。

就在他勒缰欲行之际,萨威里其从人丛中飞奔到普加乔夫跟前,慌里慌张地递给他一张字条。

"干什么的,你这该死的老头!竟敢拦驾!"

"请陛下过目!"

"过什么目!你不知我斗大的字不识一箩筐吗?秘书长!"

一个穿着伍长制服的青年立刻来到近前。

"念吧!你的差事来了!大声点!"

"哈拉脱(俄国长而宽大的便服)两件,一粗棉布,一柳条绸……"

"共值六卢布。"萨威里其说。

"你在搞什么鬼!"普加乔夫皱起眉头,喝问萨威里其。

"请您命令您的部下继续地念下去。"

萨威里其丝毫不为所动,平静地说:

"绿色薄呢大衣一件——七卢布,白色绒线裤一条——五卢布,衬衫十二件——十卢布,旅行箱一只和一套茶具——二卢布半……"

"你要买或卖呀?跟生意人谈去,我没闲工夫跟你胡扯下去!"

"您误会了,陛下,那是我主人的失物清单,昨天被强盗——"

"强盗?谁是强盗?"普加乔夫变了脸色。

"请,请原谅,我一时失言,没,没有强盗,而是被您亲爱的孩子们不告而取去的。请千万息怒——马虽有四只脚,也难免会跌倒——请您的大秘书长读完吧!"

"棉布被单与绸布被单各一条——四卢布,狐皮外套一件——四十卢布,此外尚有送给陛下的兔皮褂子一件——十五卢布。"

"还有完没完?"

"都完了。"萨威里其恭恭敬敬地回答。

"都完了吗?"普加乔夫猛吼一声。

萨威里其这下子吓坏了,似乎想再加以说明,但嗫嚅了半天,一句话都挤不出来。普加乔夫没好气地从他的秘书长手中抽出那张字条,再狠狠地丢到萨威里其脸上:

延伸思考
【语言描写】
这句话表现了普加乔夫作为农民起义领袖粗鲁的一面。

延伸思考
【语言描写】
听到萨威里其写的这些极其无聊的数字,普加乔夫显然已经很不耐烦了。

延伸思考
【语言描写】
当普加乔夫听到萨威里其竟然称自己的军队为强盗时,他非常的生气。

延伸思考
【心理描写】
老实忠厚的萨威里其被普加乔夫的吼声吓坏了。

延伸思考

【表情描写】
面对普加乔夫的野蛮和粗鲁，萨威里其竟然能进退自如，面不改色，这实在令人佩服。

延伸思考

【神态描写】
面对萨威里其软硬不吃，普加乔夫非常生气，但由于萨威里其曾有恩于他，所以他也不好发作。

延伸思考

【情节描写】
想到了前途未卜的玛莎，彼得卢沙怎么还能笑得出来呢？

"不知好歹的臭老头！竟拿这种鸡毛蒜皮的事来麻烦我！你莫不是想尝尝'挂'起来（指上绞架）的滋味！什么'肚皮挂子'，我正要剥下你的老筋硬皮做一件褂子，看它值不值得一万卢布！"

萨威里其已恢复镇静，他又是个"吃软不吃硬"的顽固分子，听到普加乔夫一席充满威胁的话，居然面不改色，一字一句地回答：

"我的头在你手中，如果你还我们钱，我谢谢你；如果你杀了我，上帝会审判你。"

普加乔夫瞪了他一眼，一语不发地走了。萨威里其目送扬长而去的普加乔夫，神情黯然。彼得卢沙刚才实在为他的老仆捏了一把冷汗。普加乔夫虽然不拘小节，但也可能是个翻脸无情的家伙，萨威里其简直是在"老虎头上拔倒毛，猛龙颈间批逆鳞"。

"咳！你未免太那个了嘛。"

当部众都跟在普加乔夫后面走出要塞后，彼得卢沙忍不住口出怨言。

"这有什么不对？保管主人的衣物，本来就是仆人的责任。我还没有跟他清算我个人的损失呢。"

彼得卢沙本来要再责备他，一听此言，不禁为他的愚忠笑了起来。

"笑？亏你还笑得出来！现在尽管笑吧，到了我们要重新布置一个家时，你可就笑不出来了。"

彼得卢沙敛容，倒不是为萨威里其的话，而是想起了玛莎。他便立刻跑到牧师家去。

"玛莎整夜发高烧，说呓语。现在还是昏迷不醒。"牧师太太愁容满面地说。

"请你别放弃对她的看护。"

"我们怎么会呢？死马都要当活马医，何况她还年轻，一时的打击使她垮了，但不久就会站起来的。"盖拉辛牧师忙替她太太说话。

"我疼玛莎,比你爱她更深哩。你想想,她呀,我是从小看到大的,相处都快二十年了,你们只不过有两年交情罢了。"

牧师太太说完,又请彼得卢沙放心,保证会把玛莎调养得白白胖胖的。

玛莎惨遭丧亲,一恸之下,几乎想随她父母而去。病床上的她,脸色蜡黄,面容憔悴,奄奄一息。彼得卢沙看在眼里,忍不住伤心落泪。牧师夫妇在旁百般安慰。

"父亲(西洋人管牧师也叫父亲),我立刻就要到奥伦堡去告诉安得烈将军,求他收复这要塞。士伐勃林懂得什么?他会指挥军队?一连步兵就可打败这些乌合之众!"

"你说什么?"

牧师还不知士伐勃林已接管佩洛格斯克要塞,彼得卢沙告诉了他,他也焦急万分:

"那你要赶快去,否则玛莎的命运可不好说了。"

"再见,我会尽快来救玛莎及大家!"

延伸思考

【人物描写】通过对玛莎外貌、表情的描写,说明玛莎在失去亲人和病痛的双重折磨之下已经濒于崩溃。

名|家|点|评

士伐勃林成为了要塞新的总司令。萨威里其写了一张纸条,向普加乔夫索要被抢走的财物,这令傲慢、粗鲁的普加乔夫非常生气。玛莎病重,彼得卢沙决定立即赶赴奥伦堡寻求安得烈将军的支援。

1. 谁成为了要塞新的司令?
2. 萨威里其向普加乔夫索要哪些财物?
3. 彼得卢沙要去哪里搬救兵?

攻乎守乎

名家导读

彼得卢沙和萨威里其历尽艰辛终于来到了奥伦堡，在城外他们看到了成群的犯人在修筑防御工事的惨景。彼得卢沙见到了安得烈将军。然而，彼得卢沙能够说服安得烈将军出兵收复要塞吗？

彼得卢沙主仆俩徒步踏上四十公里的旅途，因为普加乔夫的骑兵把马全都骑走了。

当他们一步一步地走着时，忽然听到后头"嘚嘚"的马蹄声。有个哥萨克兵骑马跑来，还牵了一匹巴席克马，鞍上缚了一件羊皮外套。原来是马克西姆。他把马缰递给彼得卢沙后说：

"我们的皇帝送你这匹马，还有他的外套。"顿了一下，吞吞吐吐，"皇帝还送你半卢布，但我掉了，请原谅。"

"在路上吗？那么你内衣里响着的是什么东西！下流坯！"萨威里其洞彻他的狡计。

"这……"

"算了！萨威里其。"彼得卢沙阻止萨威里其追根究底，然后转向马克西姆，"代我向普加乔夫说声谢谢，掉了的半卢布，你在路上仔细找找，找到了就给你做酒钱。"

"多谢少尉先生！我一辈子为你祈祷！"

"少咒人就好，谁稀罕你的祷告？你的心中还有上

延伸思考

【语言描写】彼得卢沙明白，与马克西姆这种无耻的小人争论是没有任何用处的。

帝？"萨威里其毫不留情。

"得饶人处且饶人！"彼得卢沙向萨威里其说后，又对马克西姆说："你复命去吧！"

"'人善被人欺，马驯被人骑'，怎么可对人示弱？少爷，你瞧普加乔夫也知道我不是好惹的。嘿嘿，虽然这长腿驽马与这破外套加起来不够偿付他欠我们的百分之一，不过，'蹩脚少毛的羊，有一只也总比没有强'。"

萨威里其肚子里装满了格言俚语，无意中就掉出一两句来。

此时，奥伦堡已在加强防御工事：补葺城墙、装修大炮、建筑城堡、加深城池。

彼得卢沙他们来到城外时，远远地就看到一群戴着脚镣手铐的犯人正在挖掘、挑土、捡砂砾。他们因饱受酷刑，都已面目变形、肢体残废，头发被剃得精光，就跟吊死米洛诺夫上尉的那个老巴席克人一样，叫人看了毛骨悚然，好像碰到鬼魅一样。他们在兵士监视之下吃力地做着苦工。而那些兵士倒是蛮轻松的，只偶尔挥挥鞭子、摆摆样子。

原先彼得卢沙担心进不了城，但那守卫的哨兵一下子就认出来他是安得烈将军的人，所以马上放他进去。

安得烈在庭院接见彼得卢沙，神情之悠闲，好像对佩洛格斯克要塞失陷不当一回事似的。他漫不经心地问彼得卢沙那边的情形，其实他早已从探子口里获知一切，现在不过是礼貌上应付而已。

"多么英勇的米洛诺夫呀，堪称军人之楷模！"最后才轻描淡写地说了这么一句。

"对了，米洛诺夫上尉不是有个如花似玉的女儿吗？她怎么样了？据说失踪了。"

"她躲在牧师家里，牧师太太向普加乔夫谎称是她侄女，大概不会遇害吧。"

"只是暂时幸免罢了，强盗那一套无法无天的作风你

延伸思考
【语言描写】
萨威里其的格言俚语，和他作为下人的身份很相符。

延伸思考
【对比手法】
通过兵士和那些犯人的对比，突显了犯人们的悲惨遭遇。

延伸思考
【语言描写】
米洛诺夫大义凛然，为国捐躯，这时何等的壮举。然而在安得烈将军只换来这么一句褒扬的话，多么令人寒心啊！

延伸思考

【语言描写】
从安得烈将军的话语中可以看出，安得烈将军对收复要塞并不热心。

延伸思考

【语言描写】
彼得卢沙极力劝说安得烈将军出兵收复要塞。

延伸思考

【情节描写】
众人只顾自己的利益，对别人的牺牲漠不关心的做法令彼得卢沙感到非常的寒心。

也领教过，那姑娘糟了！"

"不只玛莎如此，所有要塞的人都朝不保夕，所以请将军速派一队兵去解救他们。"

"这倒不会，普加乔夫只对付官方的人，对归顺的老百姓还算宽大。"

"即使如此，我们还是有收复失地的必要。何况普加乔夫现在不在，那里已由士伐勃林中尉接管，他有多少能耐，将军谅必明白。"

"士伐勃林实在太无耻，全俄罗斯军官的脸都给他丢光了！但是你说他毫无本事，那就太过轻敌，据我看来，他多少有两下子。"

"就算他娴熟武略，但他手下那些残兵败将能抵挡得住奥伦堡的正规军吗？"

"这个以后再谈。今天我要召开一个军事会议，请你列席报告佩洛格斯克的情形。现在休息去吧！"

彼得卢沙就到军官招待所去了。萨威里其早已为他安排得舒舒服服的。

他起初颇为不满安得烈将军无关痛痒的样子，但后来听说要开会讨论，才存了一线希望。他焦急地等候，时间未到，就出现在会议室里。稍后，与会的人才陆续来到。

在那里他碰到了一个气色很好、脑圆肠肥的老人。他向彼得卢沙问起他的教亲（西俗：婴儿受洗时，赐以教名者，即为其教父、教母；同教父母者互称"教亲"）伊凡·米洛诺夫的殉难经过。彼得卢沙实在不愿再提，因为他发现，如非至亲好友，再惨痛的事对旁人不过像舞台上的悲剧那样，只能博得他们同情一阵、唏嘘一番而已。果然，当这老人看到他面有难色时，也不追问下去。

安得烈将军把目前的情势及开会的目的说完后，就请彼得卢沙作报告，然后才说：

"诸位先生，反贼普加乔夫作乱，现在必须决定采取什么样的行动，或是攻，或是守，两者都互有利弊：进攻在迅速歼敌上非常有效，但是要有相当的把握才行，否则是自取灭亡；防守不用说是可靠而安全的策略，然而如果贼众敢死，我方弹尽援绝，就变得非常可怕和危险了。现在，我们照法定程序，从最低级的官员开始发言。格里涅夫少尉，请发表你的意见。"

彼得卢沙站起来，用简洁有力的话，叙述情况严重及进攻势在必行，并强调普加乔夫只是虚张声势，如果有信心与决心，短时间内剿灭叛徒，并非难事。

那些官员窃窃私语着，彼得卢沙看出他们大有不以为然的态度。安得烈将军微笑着说：

"少尉先生，军事会议的第一次发言，多半是赞成攻，那已成了惯例。我们继续讨论。大学顾问先生，请贡献您的宝贵意见！"安得烈将军转向那个胖老头。

"大人，我的意见是：既不攻，也不守。"

"兵法上似乎没有第三条路可走，除了攻守……"

"大人，请你采用悬赏。"

"你是说用钱收买普加乔夫的头？对，兵法上贿买也是一种方法，但是我们还得慎重考虑。"

"这是最经济的手法，较之攻或守不知省多少力气，无论是财力或物力。大家想想，那些跟随普加乔夫的是些什么样的人？还不都是见钱眼开的饥民！如果他们不出卖他们的赫特曼，我就不是大学顾问，而是吉尔吉斯草原的公羊！"

接着，一个个发言，虽然没有人附议贿买，但也没有一个赞成彼得卢沙的意见。大家都认为与其冒险进攻，不如安安稳稳地藏身坚固的城墙后、大炮的屏障下。

听取所有人的建议后，将军做个结论：

"诸位的高见，我认为都有可取之处，不过我个人十分赞成格里涅夫少尉。"

将军说到这里，稍微顿了顿，敲出烟斗中的烟灰。彼得卢沙露出胜利的笑容，骄傲地看看两旁。这时那些大小

延伸思考
【情节描写】从最低层军官发言，更有利于大家说出自己真实的想法。

延伸思考
【情节描写】彼得卢沙解救佩洛格斯克要塞的建议竟然在会议上没有一个人同意，可见，官员们都只顾自己的利益，只图自保。

延伸思考
【语言描写】安得烈将军同意自己的建议，这给了彼得卢沙新的希望。

官员又议论纷纷。

"然而,我也要尊重大多数人的意思。我受了我们仁慈的女皇的重托,负责奥伦堡省的安危,不得不权衡轻重,放弃自己的意见,采纳各位的防守之策。"

这时轮到那些官员嘲笑彼得卢沙的自负了。他甚至听到了"败事的家伙"、"乳臭未干"、"黄口孺子"这类轻视的话。

会议结束,大家鱼贯走出。彼得卢沙莫名颓丧,他为将军的"老谋深算"而叹息,为其他人的苟且偷安而痛恨。

"一群'闭关自守'的卖国贼,城陷后看你们还有没有葬身之地?"

延伸思考

【情节描写】彼得卢沙没能说服安得烈将军解救佩洛格斯克要塞,反而遭到了官员的的奚落和嘲笑。

名|家|点|评

彼得卢沙终于来到了奥伦堡见到安得烈将军。然而,安得烈将军对收复佩洛格斯克要塞似乎并不热心。他召开了军事会议,在会议上,所有的官员都不同意彼得卢沙提出的出兵要塞的建议,这令彼得卢沙失望到了极点。

拓展训练

1. 谁为彼得卢沙送来了一匹马?

2. 那些官员为什么不同意出兵收复佩洛格斯克要塞?

3. 彼得卢沙为什么感觉安得烈将军是老谋深算?

奥伦堡之围

名家导读

普加乔夫果然率领千军万马前来攻打奥伦堡。苦闷的彼得卢沙带领小股部队不停地突击敌军。然而，奥伦堡能够守得住吗？最后的彼得卢沙为什么陷入绝望呢？

普加乔夫履行他的诺言，一个礼拜后来叩关了。彼得卢沙从城垛望下去，哇！不得了！千军万马，横戈带箭。叛兵如蚁聚、似蜂拥，比进攻佩洛格斯克要塞时增加了十倍以上。普加乔夫当然晓得，奥伦堡是乌拉山区的重镇，不比别的地带脆弱易取，难怪他要准备七天之久。奥伦堡里这时自然是厉兵秣马，严阵以待，但大家眼看那如狼似虎的盗贼，像海涛似的一波又一波的，也不禁心惊胆寒。

围城的日子来临，军民开始感受到了饥饿与劫难的威胁。粮食及一切日用品都渐渐不足，价格飞涨，大家都叫苦连天。对时时飞进院子里的子弹也不在乎了，只要没有死伤，就谢天谢地。所有通往外界的路都被堵截。普加乔夫不甘放手，政府也不来援救，奥伦堡好像被弃在荒野的婴儿一样，任凭魔鬼宰割或上帝垂怜。

彼得卢沙的苦闷是不言而喻的，生活上的种种不便还可忍受，但对玛莎的忧虑却日甚一日。老仆的安慰无济于事，他为没有毅然带走玛莎的勇气而愧悔不已。他那时本想再求普加乔夫的，但一来因玛莎病重不能随行，二来惟

延伸思考

【情节描写】寥寥数语，把普加乔夫军队数量之众、气势之盛描写得淋漓尽致。

延伸思考

【比喻手法】把奥伦堡比作荒野中的婴儿，形象地说明了它已经成为一座孤城。

恐他翻脸，三来怕连累牧师夫妇。最主要的是：在紧要关头难保士伐勃林不告发他们，说出真相。当普加乔夫确知玛莎就是上尉的女儿时，还会放过他们吗？

彼得卢沙无奈，只好在安得烈将军的同意下，有时候匹马单枪，有时候带着一小队兵，出城去打打游击。他骑着那匹普加乔夫送给他的马（这实在是一匹好马，萨威里其太挑剔了），几乎每天都跟那些流寇周旋一阵子。

他们与敌人互相射击，因为对方的马吃得饱、跑得快，所以他们常处于劣势，有时甚至只有挨打的份儿。但是这样艰苦的仗，彼得卢沙宁愿打打，发泄一下，也不肯坐困守城。

【心理描写】 郁闷的彼得卢沙唯有借助打仗来排解内心的压抑。

这天，彼得卢沙居然赶散了来袭的一伙敌人，想乘胜追击。有个哥萨克兵远远地落在同伴后面，当彼得卢沙追上他、举起土耳其军刀正要砍下去时，他却突然脱下帽子喊道：

"彼得卢沙，你好！"

马克西姆，竟是他！

"你好！"彼得卢沙连忙缩手。

"我为你带来一封信。"

"给我吧！"

"帕拉士卡托我带来给你的。"

【语言描写】 彼得卢沙在这里见到马克西姆，一定感到非常的惊奇。

把信交给彼得卢沙后，他就挥鞭骑远了。彼得卢沙展开一读：

亲爱的彼得卢沙：

首先祈求上帝保佑，这封信能到达你的手中。

自从我失掉父母后，在这世界上，你便成了我唯一的亲人，所以我只有向你请求。我知道由于你的爱心，你永远乐意帮助我及其他任何人的。

帕拉士卡告诉我，据马克西姆说，你常常出来突击或偷袭敌人，不顾生命危险。我请你别这样，若不是为了我，也要想想你的双亲，我们日夜都在为你祷告呀。

牧师夫妇说，你走以前曾来看过我，我竟毫无所知。

【细节描写】 这句话说明当时的玛莎病得非常严重。

在他们俩无微不至地照料下,我已好了许多,真不知怎么感谢他们才好。

士伐勃林逼他们把我交给他,我已回到自己的屋子,但他一步都不准我走动。士伐勃林强迫我嫁给他,否则要告发牧师夫妇,再把我送到普加乔夫的"皇宫"里。现在他给我三天的考虑时间。我怎么办?彼得卢沙,只有你能够救我,你能来吗?我的一线希望都系在你身上,每分每

秒都在盼你前来。

不幸的孤女

玛　莎

　　彼得卢沙突然感到一阵晕眩，几乎从马上跌下来，定了定神，才猛踢马腹，力挥鞭子，飞驰回城，求见将军。

　　安得烈将军被彼得卢沙的慌张吓了一大跳，还以为普加乔夫亲自出马来犯了呢。

　　"大人，给我一连步兵与五十名哥萨克骑兵，让我去攻打佩洛格斯克要塞！"

　　"你疯了吗？这是万万使不得的。"

　　"为什么？我绝对有把握收复失地。"

　　"凭什么？佩洛格斯克距离此地并不太近，你还没到中途，就会被他们拦腰夹击，枉送一百多条生命。"

　　"大人，像这样坐以待毙，难道是办法吗？"

　　"什么？真是少年气盛，一刻都等不得。支援部队开来，就会把那群强盗一网打尽的，你急什么？"

　　"大人！但是……"

　　"不要再说了！"

　　"大人！我现在来求您，就像求我父亲一样，不仅是迫切陈词……"

　　"有什么困难吗？"

　　"士伐勃林将上尉的女儿软禁起来了。"

　　"这小子如果叫我逮到，一定立刻将他枪毙，这是惩治他的叛国。然而他软禁上尉的女儿，并非什么大不了的事啊！"

　　"士伐勃林威逼玛莎嫁给他。"

　　"这倒好，玛莎有保护人了。只是士伐勃林将来免不了要受绞刑，她就成了寡妇，这也不打紧，美丽的寡妇改嫁还不容易？"

　　"玛莎誓死不从呀！"

　　"看来要闹人命了！喂，彼得卢沙，你也爱玛莎，是

延伸思考
【动作描写】这句话把彼得卢沙收到玛莎信后那种急切、焦虑的心情刻画的很细致。

延伸思考
【语言描写】安得烈将军对彼得卢沙喋喋不休的要求收复佩洛格斯克要塞的建议感到非常生气。

延伸思考
【语言描写】彼得卢沙看到安得烈将军丝毫不关心玛莎的生死和安危，他也变得很愤怒。

吗？你要演英雄救美，可惜环境不允许！"

老奸巨猾的将军，一个劲儿讲些风凉话来搪塞彼得卢沙。彼得卢沙跟他越谈越寒心，最后知道谈下去也不会有结果，就怅然辞出。

"玛莎找我算找错人，我找将军也算找错人了。但我除了将军还找谁？玛莎除了我还有谁肯救她？"

突然，一个奇怪的念头在他的脑海里闪现，几乎可说是心血来潮。他发现谁才是他们真正的救星了。

彼得卢沙飞快地回到自己的屋子，把自己的意思告诉老仆萨威里其。"你要去求那个冒名的家伙？"

"我发现他虽然无法无天，但有强烈的正义感。"

"呵呵，他诚然古道热肠，可是狼终究是一只狼呀！"萨威里其不同意彼得卢沙的想法。

"除此之外，我想不出拯救玛莎的计策了。"

"少爷，你可别病急乱投医，把自己往虎口里送，饮鸩止渴呀！"萨威里其一急，俚语袋又漏出来一大串话。

"萨威里其，我此去只想求普加乔夫运用压力命令士伐勃林释放玛莎，绝不是去投降呀！"

"我明白，少爷不是那种人。但你又找错人了。普加乔夫对付哈尔洛娃的新闻你没听说过吗？"

彼得卢沙一惊，吓出一身冷汗。看来他的确又找错人了。哈尔洛娃是一个要塞司令的女儿，普加乔夫占有她后，就把她枪杀了。

现在，这世界上还有谁？谁能救玛莎脱离苦海？

延伸思考
【动作描写】
彼得卢沙想到了一个解救玛莎的好办法，他非常的兴奋。

延伸思考
【心理描写】
这句话形象地表现了彼得卢沙当时受到过度的惊吓。

名|家|点|评

普加乔夫率军攻打奥伦堡。在一次作战中，彼得卢沙得到了一封玛莎的信。在信中，玛莎向彼得卢沙求救，因为士伐勃林逼迫她和他结婚。彼得卢沙再次请求出兵收复佩洛格斯克要塞，然而，安得烈将军再次严词拒绝了他。

刁斗森严

名家导读

心急如焚的彼得卢沙决定独自返回佩洛格斯克要塞去营救玛莎,当他把这一想法告诉萨威里其时,忠实的仆人坚决反对他的意见。他能说服彼得卢沙放弃自己的想法吗?他们的行动能够成功吗?

【延伸思考】
【情节描写】善于持家的萨威里其居然还藏了这么多钱,这的确使人感到惊喜。

【延伸思考】
【情节描写】忠厚的萨威里其以保护彼得卢沙为己任,他不会因为这点钱就置主人于危险而不顾。

"萨威里其,你还有钱吗?"

"早已被抢光了!嘻,我是指那些放在容易被发现之处的。还有一点,我藏了起来,嗯,也够你用的了!"

萨威里其说着,不知从哪里搜出一个装满银币的钱袋。

"少爷,你如果需要不妨拿去,但现在物价飞涨,你可要珍惜点儿!"

"我要一半。"

"太少了,总数不少呢。"

"一半给你。"

"给我?我做什么用?我又无家无眷、无儿无女,跟着少爷,有的吃、有的穿,我要钱干么?"

"我要立刻到佩洛格斯克要塞去,老爷子,求求你,别阻挡!"彼得卢沙第一次对他的仆人低声下气。

但这怎么打动得了老萨威里其呢?

"你怎么还念念不忘玛莎呢?难道自己的生命不重要?如果不看在我的面子上,也要可怜可怜老爷、夫人。你这一去,不但救不了玛莎,恐怕连自己的命都要赔上哩。"

"那些人可以用贿赂。"彼得卢沙想起那个大学顾问的话。

"哈,我们这些钱,说少不少,说多嘛,不够塞狗洞呀!你想想,这一路要花多少才能打通?少爷,你着魔了!"

"不,为了玛莎,赴汤蹈火,在所不辞!"

【语言描写】这句话表现了彼得卢沙解救玛莎的坚定决心。

"咳!如果不是被抢走了大半,这办法倒是可行。但他们现在已经从小毛贼变成大强盗了,胃容量一定不小,哎!这些钱你通通带去吧,连我也一起!"

萨威里其把钱袋整个递给彼得卢沙。彼得卢沙只取出一把。

"少啰唆,我自己的事自己承担,把玛莎抛弃在虎穴里,是我的过错,不关你的事,你不用'陪死'!上帝如果垂怜,也许我们还可再相见,三天后如果我没回来,这剩下的都归你……"

"你也给我闭嘴!老爷、夫人叫我跟你来干吗?别忘了我是你的监护人。尽管这四周都被强盗占领了,即使我们一出去就被打死了,我也要跟随你。难道我……你竟舍得离我而去……呜呜!"

【语言描写】作为彼得卢沙的仆人,萨威里其是多么的忠实啊!

可爱的萨威里其"苦谏"不成,又闹"哭求"。彼得卢沙只得依了他,但是心中忐忑不安,因为此去吉凶未卜,如果萨威里其有个三长两短,他实在难辞其咎。

【心理描写】这句话表现了主仆二人之间深厚的情谊。

半小时后,主仆俩束装上路。萨威里其骑了一匹跛脚的瘦马,这是白捡来的便宜,原来的那个马主养不起它。人都饿瘪了,还能顾到动物吗?

傍晚时分,他们已到达伯尔达的外城。

雪下得很大,把道路都铺满了。深深的马蹄印凌乱不堪,显然人马出入非常频繁。

彼得卢沙骑的是匹好马,萨威里其在后面气喘吁吁地赶着,常常落后一大截,彼得卢沙只好停下来等他。

"早知道他会帮倒忙的,这老累赘!"焦急的彼得卢沙忍不住嘀咕着。

"看在上帝的分上,慢一点,慢一点,少爷!我这瘦驽马怎么赶得上你那长脚鬼?你赶个什么劲儿,又不是赴宴，恐怕是送死吧！彼得卢沙！等等我呀！我喘不过气来了！可怜可怜你年迈体衰的老仆人呀！"

萨威里其一路拼命赶着，一路怨言不绝，但是他绝不后悔。保护彼得卢沙是他终身唯一的职责，在紧要关头，他会不惜以生命去换取彼得卢沙的安全。像上次，面对那杀人不眨眼的家伙他居然毫无畏色。这回也是一样，明知这一去如同羊入虎口，但拗不过也可说是同情彼得卢沙，他就强跟了来。

彼得卢沙呢？何尝不感激老仆的忠心。但他知道日常生活的照料，萨威里其尚可胜任，至于救人的事，实在帮不上忙呀。

萨威里其又一次，好不容易才赶上了彼得卢沙，又开始念叨了：

"少爷，我看你这次'出走'简直是盲目乱闯嘛！又没告诉将军一声，将来要怎么交差呀？"

"骑兵军官于必要时可单独行动，这是军法上规定的。"

"可是要去杀敌才行呀。而你的目的只不过去救一个女人而已。"

"米洛诺夫夫妇为国慷慨牺牲，我们能坐视他们的女儿蜷缩在刺刀边缘吗？"

"只要她从了士伐勃林那家伙，不就得救了？"

"你说什么？女孩子可以随随便便嫁人吗？何况士伐勃林又是她最痛恨的叛国贼！"

"我觉得士伐勃林倒是真心爱她。这次如果能到达佩洛格斯克要塞，你如何从他的手中夺回玛莎来？"

"到时候再说，看着办吧。"

"我看你是一点主意都没有哇。这种鲁莽的行动，我居然无法劝止，我真是个不中用的老废物呀！"

"已经到了这步田地，你自怨自艾什么？"

"真幸运，到现在一个贼兵都还没有碰到，躲雪去了吗？"

正说之间，冷不防从一个土窟里窜出两个人，大声喝

延伸思考

【情节描写】
虽然路途上非常辛苦，但是，萨威里其能够在主人彼得卢沙的身边也感到很满足。

延伸思考

【语言描写】
老成的萨威里其考虑问题显然更加周全。

延伸思考

【语言描写】
于公于私，彼得卢沙都有解救玛莎的充分理由。

延伸思考

【情节描写】
真是怕什么来什么，刚说到没有碰见贼兵，这不，麻烦就来了。

止他们。彼得卢沙护着老仆，快马加鞭，越过这两个匪徒。由于路上非常泥泞，追的人陷入雪中，只好放过他们一马。

脱险后，他们沿着伯尔达的外城悄悄地前行。不久，看到了微弱的灯光，他们更加小心慢走。渐渐绕过外城，忽然在一间营房前发现有几个拿着短棍的贼兵守卫着。彼得卢沙想，大事不好，正准备冲杀过去。

"站住，口令呢？"

黑暗中，他们没有看到彼得卢沙的军官制服，还以为是自己人呢。

彼得卢沙不答，勒紧缰绳，以马刺猛踢马的腹部，这匹巴席克的良驹不负所托，居然一跃冲散了阻拦的五个人。当他正在庆幸再次脱险时，没料到前面又有几个人窜出来，这时马已放慢脚步，彼得卢沙就被包围住了。他拔出佩刀，猛砍乱挥，又让他冲出重围。

【动作描写】这句话表现了彼得卢沙英勇善战。

"糟了！萨威里其还在后面哩。"

彼得卢沙立刻又驰马回去救他。

果然老远就听到萨威里其的乱喊声。他被围在中央，其中一个牵着他的马，一个死命将他拽下来。正要捆绑起来时，见彼得卢沙来了，另一伙又扑向彼得卢沙，将他也一并生擒。

【情节描写】已经突出重围的彼得卢沙，为了营救萨威里其而被生擒，可见主仆二人深厚的情谊。

"带他们到皇帝那儿去！"头领说。

"问问皇帝，什么时候绞死他们，我希望就地正法！"手下附和着。

"好大的胆子，居然敢深入我方重地，皇帝驻扎的地方！"

名|家|点|评

彼得卢沙和萨威里其主仆二人一起返回佩洛格斯克要塞去营救玛莎。他们在路上遇到了两个贼兵，结果他们化险为夷。到达伯尔达后，彼得卢沙和萨威里其被贼兵发现，经过激烈战斗，主仆二人皆被生擒。

金碧辉煌的皇宫

名家导读

彼得卢沙和萨威里其被兵士们带到了普加乔夫的皇宫。虽说是皇宫，但是却非常的简陋。在这里，他们见到了普加乔夫。普加乔夫会如何处置这两个既是朋友又是敌人的人呢？

"什么，你们皇帝在这？"萨威里其很惊讶地问，又向彼得卢沙说，"这样我们'有救'了！我们跟他'有旧'呢。"

"嘿嘿，别打如意算盘。我们皇帝这几天心情不好，正想杀几个人当下酒菜，你们来得正好。"他们威胁着说。

彼得卢沙主仆被押回伯尔达城。每家的窗口都透出了灯光及喧闹声。他们被带到一间比较像样的十字街边的房子里。大门前有几个伏尔加酒桶及两尊大炮。

"皇宫到了！"一个匪徒说。

萨威里其在胸前画着十字，默默地祷告上帝。通报后，他们推彼得卢沙主仆俩进屋。

这间被他们称为皇宫的屋子，其实跟一般乡下屋子没什么不同，不过明亮多了。厅堂点着许多支蜡烛，墙上贴满金箔，还算"金碧辉煌"。

普加乔夫正襟危坐在一幅圣画前，预备审判"奸细"。他旁边围着五六个"参谋"。

延伸思考

【细节描写】伏尔加酒桶表明普加乔夫和他的官员们经常喝酒，而大炮则是用来护卫皇宫的。

普加乔夫一发现是彼得卢沙他们，严肃的神情瞬间换成满面的笑容：

"嗨！可爱的小弟弟！还有你这糟老头！"

"我为了一点私事，骑马经过此地，并不知你在这儿安营扎寨。别来无恙？"

"托福，托福，不过战事毫无进展，心烦透了。你究竟为了什么事离开奥伦堡，又要往哪里去？"

"……"

"怎么老是不说话呢？我一向对你不错吧，有什么事不敢对我说的？嗯，小弟弟面皮薄，你们都退下吧。"

但是其中有的没有走。

"说吧！他们是我的'宠臣'，你是我的'宠儿'，大家不妨'开诚布公'！"

彼得卢沙打量这两名普加乔夫的"左右丞相"：一个就是普加乔夫叫他"大叔"的，他是个驼背瘦小的老人，留着小胡子，已花白了，穿着灰色的便服，肩部搭着宝蓝色的缎带。一个是高大壮硕的中年汉子，曾受过"剺刑"，所以看不见鼻孔，面目狰狞可憎，穿着红衬衫和哥萨克的袋裤。彼得卢沙后来才知道这汉子是从西伯利亚矿山脱逃过三次的犯人。

彼得卢沙本来曾指望过普加乔夫去救他的玛莎，后来萨威里其提醒普加乔夫的劣迹，使他断了求助于普加乔夫的念头。但是现在看他那和颜悦色的样子，重燃起了希望之火。

"我要回佩洛格斯克要塞去搭救一个可怜的女孩子。"

"如何可怜？什么样的女孩子？"

"双亲被——"彼得卢沙连忙缩回"害"字，改口说，"双亲亡故，又被人欺负。"

"佩洛格斯克的居民都已成了我亲爱的孩子，谁敢欺负一个孤女？是哪个该死的家伙，你可知道？"

"士伐勃林。他不但囚禁起那女孩，而且逼她嫁

延伸思考

【人物描写】通过对人物外貌、衣着的细致描写，作者为我们刻画了一个穿着华丽得体的老人。

延伸思考

【人物描写】通过对人物、衣着的描写，表现了人物的粗犷和野蛮。

延伸思考

【语言描写】彼得卢沙巧妙的措词既陈述了事实，也避免了激怒普加乔夫。

给他。"

"吊死他！在我的帝国里，人民一律平等，绝对不准倚强凌弱、恃众暴寡！"

"让我说一句公道话。"那中年汉子沙哑着嗓子说，"你未免太意气用事了。不分青红皂白，就命士伐勃林当要塞司令，现在又不管三七二十一要杀他。你叫贵族做我们哥萨克人的头目，已使大家不满。成命既不好收回，但也不要滥杀无辜，以致失去那些有意降服的贵族。"

"贵族有什么了不起？"瘦巴巴的老头说，"士伐勃林的死活我们且不去管他，现在重要的是，这位少尉军官来此的真正目的是什么？假使他不把你当作皇帝，为什么来求你主持公道？假使他承认你是皇帝，又为什么回奥伦堡去？他很可能是敌方派来刺探军情的奸细，要不信，让我们用火来考验考验他。"

延伸思考
【语言描写】老头的一番话使彼得卢沙陷入险境。

这一席辩论听来铿锵有力，让人没有反驳的余地。彼得卢沙果然无言以对。普加乔夫开腔了，一方面为他解围，一方面是戏弄他：

"听到了吗？我的大元帅说得不错，你有什么高见？"

彼得卢沙眼看他那随和滑稽的样子，知道没什么好怕的，他深知"阎王好见，小鬼难缠"，于是镇静地说：

延伸思考
【神情描写】普加乔夫的随和平复了彼得卢沙心中的恐惧。

"听凭大王裁决，相信他还是信任老朋友。"

"这个让我想想。喂！我们来谈点别的。你们现在怎么样？很好吧？"

"感谢上帝，日子过得还不错。"

"不错？恐怕都快饿死了吧。"

"谣传罢了，奥伦堡兵精粮足，绝不缺任何东西。"

"你还不觉悟！"僵尸般的老头好像抓到了他的小辫子，突然插嘴，"这可不是奸细的口吻？他竟敢欺骗你！从奥伦堡逃来的人，都说城里已闹饥荒，并流行瘟疫。你的小朋友还在那里扯谎，这不该杀谁该杀？如果你要绞死士伐勃林，也得绞死彼得卢沙！才能显示你的大公无私！"

【延伸思考】
[情节描写]
壮汉与老头之间看来也是素来不和啊!

【延伸思考】
[语言描写]
老头被壮汉的话激怒了,他甚至失去理智的咆哮起来。

【延伸思考】
[情节描写]
彼得卢沙正是利用了普加乔夫的这种性格特点才达到了自己的目的。

"得了吧!你开口杀头,闭口绞死,好像多神气似的,又好像自己站在'正义'那边似的!"

壮汉看不惯老头"慷慨激昂"的陈词,损了他两句。老头不甘示弱,立刻抢着说:

"哟哟,难道你自以为是圣贤吗?竟同情一个毫不相干的人!"

壮汉立刻还以颜色说:

"我是圣贤!不错,叫你猜着了!我犯过滔天大罪,这一双手不知叫多少基督教徒淌过血——然而我杀死的是仇敌,不是客人;我杀人,在黑漆漆的森林里或大路上,从不在屋子里;我杀人,用的是斧头和铁球,绝不似长舌妇搬弄是非……"

"住口!"老人撇撇嘴,"被撕掉的烂鼻子!"

"你嘟哝什么?老家伙!你的死日也到了!小心,看我一根根拔光你的小胡子!"

"将军们!"普加乔夫敛容,起立打圆场,"息怒吧!如果把奥伦堡的所有恶狗都挂在空中荡来荡去,不是悲哀的事。如果我们自己人斗来斗去,那才惨哩!"

普加乔夫不愧是个领袖人物,虽然满肚不快,但仍不忘讲些俏皮话来缓和紧张的情势。彼得卢沙冷眼旁观这一老一壮"互斗"后的"相瞪",生怕他们又爆发第二回合的舌战,不利于他,连忙说:

"啊,我差点忘了谢谢你。如果没有你的慷慨相赠,我一定冻死在路上,而不能安然抵达奥伦堡。谢谢你的马和皮裘。那匹巴席克马太棒了,我深深爱上了它。"

"哈哈!"普加乔夫爽朗地大笑。

彼得卢沙的"狡计"果然得逞。与普加乔夫相聚多次的经验,已摸清他好大喜功、爱人逢迎拍马的心理。

"助人者人恒助之。"普加乔夫闭了一只眼睛,促狭地说,"你能不能透露一下,那个姑娘与你的关系?嘿嘿,你也爱恋她吗?"

上尉的女儿

"她是我的未婚妻。你也看过了,她就是盖拉辛牧师太太的侄女。"

"不是只有十二三岁吗?那该死的老太婆骗我!为什么不早说?我会特准你们结婚,做你们的证婚人——好不好?为你摆下最豪华的婚宴,哈,那时才叫双喜临门呢!真可惜,平白让我们错过了好几桶喜酒!"

彼得卢沙想:"你不知玛莎是米洛诺夫上尉的女儿才这样说,要是知道真相,还不知要如何残忍地对付她呢?"

普加乔夫又对他的亲信说:

"大元帅们,我跟彼得卢沙是老朋友,你们别疑心。来,我们吃点消夜,然后上床,在安静地睡眠之后,头脑会比较清醒点,再看该怎么处理这件事吧。"

延伸思考

【语言描写】知道被牧师太太欺骗了以后,自负的普加乔夫非常愤怒。

名家点评

主仆二人见到了普加乔夫。普加乔夫的左右大臣为如何处置这主仆二人发生了激烈的内斗。彼得卢沙巧妙地利用了普加乔夫好大喜功的性格特点,使普加乔夫答应替自己解救玛莎。

拓展训练

1. 你能简单描述一下普加乔夫的皇宫吗?

2. 瘦巴巴的老头主张如何处置彼得卢沙和萨威里其?

3. 如果普加乔夫知道玛莎是上尉的女儿,他还会救玛莎吗?为什么?

老鹰与乌鸦的寓言

名家导读

第二天,彼得卢沙来到了普加乔夫的"皇宫",当他得知普加乔夫要帮助自己解救玛莎时,他感到非常高兴。在高兴之余,彼得卢沙又多了一丝担心。他们的解救行动能够成功吗?老鹰和乌鸦的寓言又是怎么回事呢?

【情节描写】普加乔夫的命令,他的下属也只是阳奉阴违。

当晚,那个留着小胡子的"大元帅"不照普加乔夫的意思好好儿招待他们,却把他们关在囚房里。因为普加乔夫在消夜宴上喝得烂醉如泥,他们欲诉无门,只好将就睡在铺着干草的泥巴地板上。萨威里其一个劲儿埋怨普加乔夫忘恩负义。彼得卢沙安慰老仆说:

"他没有受到那坏老头影响,立刻把我们处死,已算不错了。"

"迟早会的。"

"一切只能等上天安排。"

【人物描写】通过对普加乔夫服装、神情的细致描写,表现了他当时春风得意的精神状态。

第二天一早,彼得卢沙就被带到"皇宫"前,发现普加乔夫已安然坐在一辆三匹马的马车上。他戴着鞑靼帽,穿着旅行装,神情愉快。街上站满了民众,向他们的元首挥手欢呼,普加乔夫也一一答礼。

"上来吧,小伙子!跟我到佩洛格斯克要塞去!"

"你,你……"

"去严惩士伐勃林,救出你的未婚妻!"

"谢谢!"

普加乔夫连忙往旁边挪,让彼得卢沙坐上来。

彼得卢沙喜出望外,几乎不敢相信,一夜之间竟有这么大的变化。普加乔夫终于顾念旧情,不为能说会道的"大元帅"的言语所动摇,将他们杀掉,反而亲自出面,而且是"速战速决"。

三匹马并驾齐驱,平稳地在街道上走着,銮铃叮当,煞是好听。

"等一等!等一等!"

彼得卢沙回头一看,萨威里其迎面赶来。他昨晚唠叨过久,睡晚了,所以人家去叫彼得卢沙时,他还在梦乡呢。普加乔夫见到他便命令车夫停下。

"彼得卢沙!怎么把我留在这贼窝,跟那些匪……"萨威里其抱怨着。

"啐!口没遮拦,瞧你!"彼得卢沙忙制止。

"让他上来吧!喂,坏老头,坐在车夫座位上。"普加乔夫倒也蛮有人情味。

"多谢陛下,我的亲爸爸,上帝保佑您长命百岁,我一辈子不忘为您祷告。那件兔皮褂子,我永远不会再提起!"

彼得卢沙又为萨威里其的"老"言无忌,捏了一把冷汗。普加乔夫却装作没听见,脸色一点也没变。

居民都肃立着,恭送他们皇帝出巡,御驾近前,就深深一鞠躬。普加乔夫不断地向两旁点头致意。

不久,他们就到了城外。雪厚路滑,车子风驰电掣地飞奔在冬天的荒原上。

彼得卢沙的一团高兴又渐渐化解。普加乔夫直到目前尚不知玛莎的真正身份。士伐勃林受罚前定会反咬他们一口,那时,真不堪设想……

普加乔夫看彼得卢沙忽而喜、忽而悲,也不跟自己搭腔,忍不住问道:

延伸思考

【情节描写】彼得卢沙为普加乔夫能够帮助自己解救玛莎而感到非常的惊喜。

延伸思考

【细节描写】作者细致地刻画了銮铃的叮当响声,表现了彼得卢沙当时愉悦的心情。

延伸思考

【表情描写】面对萨威里其的口无遮拦,普加乔夫竟然能够不加计较,这也显示了他大度的一面。

上尉的女儿

"年轻人，你在想什么？"

"我如何不感慨万千呢？昨天我还跟你的人厮杀，此刻却在你身旁。"

"这有什么奇怪的？人生本来就是这样虚幻无常呀！"

彼得卢沙愣住了，这个草莽英雄莫非是"口吐真言"？他也不由得倾诉由衷之言：

"啊！我一生的幸福都寄托在你身上。我将来要如何报答？"

"'大恩不言报'，哈哈，彼此彼此，我的帝国不是建立在雪地上被救起的一刹那吗？"普加乔夫好像怕被车夫与萨威里其听到，又附在他耳边小声说，"还有烧酒与厚衣，我说永远感激就是永远感激。"

静默了一会儿后，普加乔夫又开口：

"在奥伦堡，大家怎么说我？"

"厉害！顽强！你的确太有名了。"

"不论调兵遣将或运筹帷幄，我都有一套。你以为我依赖那两个笨蛋吗？不，一切都是我自己来。尤则耶伐一役，你们晓得吧？我打死了四十名将军，俘虏了四支军队，普鲁士王能胜过我吗？"

"你真有自信心打败腓特烈二世？"

"为什么不能？你们那四十名将军之中有个叫做白毕柯夫的，曾打败过腓特烈，而我却轻易将他收拾了。"

这属于村夫的逻辑，彼得卢沙一时简直没办法驳倒他，说得好像蛮有道理，其实荒谬绝伦。因为一来环境变迁，人物各异，二来所谓"此一时也，彼一时也"，"时空"不对，任何事就无法相提并论。彼得卢沙了解他一向大言不惭惯了，所以不想跟他"诡辩"。

"你且等着那一天，当我攻陷莫斯科……"

"当真？莫斯科？"彼得卢沙惊愕莫名。

"鬼晓得！也许有那么一天，但愿上苍保佑。我那些兄弟不大可靠，孩子们也不怎么听话。你知道他们多是绿

延伸思考

【语言描写】对于彼得卢沙当初的厚恩，普加乔夫从没有忘记，这表现了他的知恩图报。

延伸思考

【语言描写】对于普加乔夫的能力和实力，彼得卢沙并没有足够的信心。

延伸思考

【语言描写】对于普加乔夫的"大话"，彼得卢沙感到非常的吃惊。

林出身，居心叵测——像那个僵尸今早还'犯颜力谏'，要刑讯你至死——我也要提高警觉，万一失败，他们就要割下我的头颅去赎罪了。"

"你瞧，你自己都看穿了！为什么不放下屠刀，到女皇那里去恳求她的赦免？"

"恳求？别做梦！她为什么不来慰劳我呢？好汉做事好汉当，我不后悔，我要继续干下去！看谁的帝国寿命长！说不定我会成功，格利士卡（俄国僭号者，冒充伊凡四世的老儿子狄米特里，一六〇五年即位，隔年即被杀）不是也统治了莫斯科？"

"你难道不知道他的下场？他们把他掷出窗外，砍下头，用火焚烧他，还用他的骨灰装大炮！"

普加乔夫不语，稍后才讲了个故事给彼得卢沙听：

"这是我幼年时代从一个喀尔美克（居住在窝瓦河下游的蒙古人，信佛教，后被赶往俄属中亚）老太婆那里听来的。

有一天，老鹰问乌鸦道：

'老鸹！你说，为什么你能活三百年我却只能活三十年？'

'大王，不为什么，只因您喝的是活血，我吃的是死肉。'

'那么我跟你吃一样的好了。'

于是老鹰就跟乌鸦一起飞出去觅食。它们在空中发现地上有一匹倒毙的马，就飞下来。乌鸦吃得咂嘴儿、伸舌头。

'多美味的食物！大王，还不错吧。'

老鹰啄了一口，就想作呕，勉强再吃一口，再也忍不住，全都吐出来，抖一抖翅膀，对乌鸦说：

'老弟，让你一个人独享吧。我宁愿喝活血而只活三十年，也不愿吃死肉活三百年。'

"彼得卢沙，你喜欢这个寓言吗？"

延伸思考
【语言描写】这表现了普加乔夫作为一个草莽英雄粗鲁、充满豪气的性格特点。

延伸思考
【细节描写】这句话表现了老鹰吞食腐肉以后恶心、难受的状态。

延伸思考
【语言描写】这句话说明老鹰就是喝活血的，而乌鸦就是吃腐肉的，这是无法改变的。

"很有意思。然而，我认为，杀人越货、打家劫舍的生活跟吃死肉差不多。"

普加乔夫震惊了，盯着彼得卢沙，讷讷地说不出话来。原以为这下子可说服彼得卢沙，不再瞧不起他的"事业"，却没料到反被他奚落一番。但是他并没有因此而恼羞成怒，他是个有智慧的人。由于彼得卢沙"一语道破"，使他反省起来，几乎精神崩溃。尽管内心如千军万马般奔腾着，但在外表却平静如镜。其实他何尝不畏"天命"、不在乎上帝惩戒？但到如今势成骑虎，只有硬着头皮撑下去。

延伸思考

【表情描写】彼得卢沙把普加乔夫的"事业"比作吃死肉，这是令普加乔夫没想到的。

名家点评

彼得卢沙得知普加乔夫要帮助自己解救玛莎，他非常高兴，但又有一丝的担心，因为，当普加乔夫得知玛莎是上尉的女儿时，他还会解救她吗？在路上，普加乔夫给彼得卢沙讲了老鹰与乌鸦的故事，表现了自己宁可反抗而死、不愿苟且而活的决心。

拓展训练

1. 彼得卢沙为什么既惊喜又担心？
2. 普加乔夫讲老鹰和乌鸦的故事，他想表达什么？
3. 普加乔夫为什么讷讷地说不出话来？

反　噬

名家导读

彼得卢沙和普加乔夫终于到达了佩洛格斯克要塞。士伐勃林对普加乔夫溜须拍马、极尽阿谀奉承之能事，这令彼得卢沙对他非常蔑视。当普加乔夫突然问道玛莎的事情时，士伐勃林方寸大乱。他会怎样回答呢？玛莎能够获救吗？

延伸思考

【心理描写】情感本已脆弱的彼得卢沙听到车夫悲怆的歌声，不由得触景生情，悲从中来。

延伸思考

【动作描写】这句话把士伐勃林阿谀奉承、溜须拍马的形象讽刺得入骨三分。

　　车夫在天寒地冻的冬季，以阵阵长歌打发原野的寂寞，歌声里充满悲怆的意味，使情感脆弱的彼得卢沙几乎落泪。萨威里其摇来晃去地打瞌睡，铃声与歌声倒成了他的催眠曲。

　　几个钟头后，他们已看到了村子的钟楼，佩洛格斯克要塞到了。

　　马车停在米洛诺夫上尉宅邸前。士伐勃林一听到外面的嘈杂声，立刻从里面跑出来。他一身哥萨克人的打扮，也留起了小胡子。小心翼翼地扶着普加乔夫下车，狗颠屁股似地把他迎进里面，几乎忽略了同来的人，等他看清楚是彼得卢沙时，才冷冷地说：

　　"你终于加入了我们的行列，早该如此！"

　　然后又假惺惺地伸出手来，彼得卢沙白了他一眼，不屑地转过头去。士伐勃林是个聪明人，知道彼得卢沙有"撑腰"的，只得隐忍下来。"君子报仇，十年不晚"，他等候时机一到，就要狠狠地给彼得卢沙一个致命的打击。

"嘿嘿，少爷不高兴了？"士伐勃林讪讪地自找台阶下。

普加乔夫大咧咧地坐在一张长榻上。彼得卢沙心痛了，那张长榻不久前还是米洛诺夫上尉的"宝座"。米洛诺夫常常斜倚在那儿打盹，他太太坐在旁边的躺椅上，手上打着毛线，嘴里唠唠叨叨的，好似为她丈夫唱着"摇篮曲"。而他们的女儿玛莎时常静静地躲在角落里，做着女红。啊！好一幅"天伦之乐图"！如今呢？景物依然，人事全非！

【细节描写】这句话表现了普加乔夫不拘小节、性格粗鲁的特点。

彼得卢沙真想冲上楼去，玛莎一定在那里。但是与普加乔夫同行，他不敢造次。士伐勃林倒了一杯酒，毕恭毕敬地端到普加乔夫面前，普加乔夫一饮而尽，问：

"彼得卢沙呢？"

"父亲叫你呢。"士伐勃林冲着彼得卢沙说。

【动作描写】士伐勃林一味地讨好自己的主子普加乔夫，显示出一副奴才嘴脸。

这次，彼得卢沙仍然不睬他。要不是普加乔夫虎视眈眈地盯着他，他真想把杯中物泼到彼得卢沙脸上。二度受辱，一向盛气凌人的士伐勃林如何受得了哇？

普加乔夫询问他要塞中的事及敌人的动静后，出其不意地：

"我来问你，你把牧师太太的侄女怎么样了？"

士伐勃林顿时面如死灰，讷讷以对：

"陛下……陛下，我——陛下指的是我的太太吗？"

"你的太太？不，是那个被你囚禁起来的姑娘。"

"我并没有囚禁她，她生病了，正在阁楼上休养哩。陛下！我说的都是实话。"

【表情描写】普加乔夫突如其来的发问，令毫无准备的士伐勃林感到非常惊恐。

"好个欺君的家伙，带我去看她！"

士伐勃林站在那里，吓得一动也不敢动，经普加乔夫再三喝令，才战战兢兢地带他上去。彼得卢沙自然也跟了去。到了楼梯口时，士伐勃林竟说：

"陛下的命令我不能不从，但我太太的卧室任何人都可随便进去吗？"

"你这骗子！"彼得卢沙咬牙切齿地骂道。

延伸思考
【语言描写】狡猾的士伐勃林想方设法地阻止彼得卢沙和普加乔夫见到玛莎。

延伸思考
【动作描写】这句话表现了普加乔夫的力大无穷以及他粗鲁的性格特点。

延伸思考
【人物描写】通过对玛莎表情的描写，说明她在这里受到了严重的虐待。

"有我做主，你不用慌。"普加乔夫安抚激愤的彼得卢沙后，又对士伐勃林说，"不管她是你的什么人，我爱带谁去就带谁去，乖乖领路吧！"

在玛莎的房门口，他们停住。士伐勃林摸索着口袋，搞了半天，故作惊讶：

"啊，我忘了带钥匙上来！"

普加乔夫也不去戳破他的谎言，用他壮硕无比的肩膀一撞，就把门撞开了。

"哼，好个没'良心'的良人，竟把太太反锁在房里！"普加乔夫嘲骂着。

彼得卢沙心酸了。这个憔悴不堪的姑娘就是心爱的玛莎吗？她垂着头坐在地板上，旁边放着一片黑面包和一杯水。此外，室内空无一物。

玛莎对撞开门进来的三个人几乎毫无反应，慢腾腾地抬起头来，惘然地看着他们。突然，她认出了彼得卢沙：

"你，你终于来了！"

"玛莎，你受苦了！"彼得卢沙颤抖地说。

普加乔夫狰狞地对士伐勃林说：

"你这监牢蛮舒服嘛！"

然后怜惜地问玛莎：

"亲爱的姑娘，你的丈夫为什么这样虐待你呢？"

"他说我是他的妻子？没有！不是！我从来没有答应过他的求婚！"

"哇！这样说来，士伐勃林，你是'癞蛤蟆想吃天鹅肉'了！该当何罪？自己说！"

士伐勃林有些出乎意料，在两个"仇人"面前，对着普加乔夫，双膝落地。彼得卢沙真为他的卑躬屈节感到羞愧万分。一个堂堂的皇家军官，竟趴伏在敌人的脚下！满腔的怒火顷刻化为极度的轻蔑，当然，还有哀悯之情在内。这一"惊人之跪"，使得杀人如麻的普加乔夫都心软了：

"且饶你这一次！第二回再叫我碰上了，当心我剥了你的皮！"

普加乔夫对在他脚边叩头如捣蒜似的士伐勃林这样说，然后走到玛莎身旁：

"从现在起，我赐你自由，我是皇帝彼得三世！"

玛莎此时才明白眼前这"救星"就是不共戴天的杀亲之仇！两手捂着脸，感到天旋地转，立刻晕倒在彼得卢沙的怀里。帕拉士卡即刻进来，照料她的小姐。于是，他们三个就都下楼，到客厅落座，一时大家都默默无语。

"好！彼得卢沙！"普加乔夫首先打破静默，"玛莎已从她那'美丽的牢笼'出来，什么时候请我喝喜酒？呵，说办就办，今晚你们就来个洞房花烛夜如何？我当证婚人，士伐勃林当男傧相，请盖拉辛牧师为你们主持婚礼。哦，玛莎没父母吗？"

决定的一刻已到了！彼得卢沙心脏怦怦地跳着，士伐勃林也血喷脉张。

"陛下！玛莎是个孤女——我曾隐瞒真相，为了……为了……"由于过分激动，一向吐字清晰的士伐勃林变得结结巴巴了。

"然而格里涅夫少尉也欺骗了你！玛莎实际是上尉的女儿，就是那——那被我们绞死的米洛诺夫的女儿，并不是牧师太太的什么人！"

士伐勃林实在是一条毒蛇，复仇的意识比任何人旺盛，即使被人打击得奄奄一息，也会反咬一口。此时，对玛莎刻骨铭心的爱已转为食肉寝皮的恨。他得不到的，也不让人家得到，他要毁灭玛莎！他要与他们同归于尽！

【延伸思考】
【人物描写】
终于获救的喜悦和对普加乔夫的愤怒使脆弱的玛莎不堪重负。

【延伸思考】
【比喻手法】
这句话把士伐勃林比作一条毒蛇，这表现了他的毒辣。

名家点评

在佩洛格斯克要塞，普加乔夫追问玛莎的下落，这令士伐勃林惊恐万分。在万般无奈之下，他不得已说出了玛莎的下落。普加乔夫和彼得卢沙一起解救了受尽虐待的玛莎。当普加乔夫问到玛莎的身份时，歹毒的士伐勃林透漏了玛莎的身份。

永恒的祝祷

名家导读

当普加乔夫得知玛莎的确就是上尉的女儿时,他感到自己被彼得卢沙戏弄了,所以他非常的生气,但是,此时的彼得卢沙倒是显得异常平静,这是为什么呢?普加乔夫又会怎样处置这件事情呢?

普加乔夫认为自己被耍了,生起气来,责问彼得卢沙:

"有这回事?"

"士伐勃林这次没骗你。"

彼得卢沙恐慌过后,反而出奇的镇静,他了解普加乔夫是"大可理喻"的人,士伐勃林的"告发"无济于事。

【延伸思考】

【心理描写】彼得卢沙由恐慌变得镇静,是出于对普加乔夫性格的了解。

"那么,你为什么不早告诉我?"

"你想想看吧,当那暴乱的时候,我若坦言相告,你会怎么处置她呢?即使你怜悯她,你的手下人会放过她吗?"

"嗯,你说得有道理,我们对贵族及政府军长官是赶尽杀绝的。牧师太太真好心,你也是,你是恐怕失掉一个美丽的妻子吧?"

果然,刹那间雨过天晴!

"我真不知要如何称呼你,叫你'恩兄'好了。今后,在可能的范围内,也就是说只要不违背基督徒良心的事,我都会尽心竭力为你办到。"

"哈哈，你的小嘴巴真甜啊，别灌迷汤了。你还记得'定斩不饶'这句话吗？"

"这个……我无论如何会设法为你辩护。"

"你好像算准了我有一天会成阶下之囚。没那么简单，哪一天我登了大位，在彼得堡即位，我还会重用你的！"

> "不管怎样，我跟玛莎将每天为你祷告，祈求上帝宽恕你！"

"真的吗？算了吧，我还不知道自己是个十恶不赦、罪不容恕的大坏蛋吗？"

虽然这样说，但是普加乔夫对彼得卢沙的祝祷之情，还是十分感动的。

"我不是残酷地处置，就是丰厚地赏赐，有时候我性起就杀它个寸草不留，有时候我高兴就给人官上加官、恩上开恩，这就是我的作风。我听喀尔美克人说过一句什么'帮人帮到底'，好，今天我就好人做到底。彼得卢沙，带着你的未婚妻，随便往哪儿去，或是我治下的人间乐土，或是你所谓的自由天地！"

于是，他吩咐士伐勃林，为彼得卢沙写张通行证，然后就检阅军队去了。

士伐勃林像斗败的公鸡，垂头丧气，但一会儿又摩拳擦掌。彼得卢沙一看苗头不对，忙上楼去看玛莎。玛莎已清醒过来，帕拉士卡正小心地看护她。当她知道普加乔夫的好意后，虽然仇恨之心仍充塞在内心，但现在也只能只有含悲忍泪地接受命运给她的安排。

"彼得卢沙，请你先到牧师那里，我随后就来。"

彼得卢沙下楼后，发现士伐勃林还待在客厅，没有要走的意思本想下逐客令，但想想，打落水狗的行为太无聊，也就作罢，径自往牧师家去。萨威里其早等在那里，他已把一切经过都详细叙述给牧师夫妇听了。

"你好，彼得卢沙，"牧师太太滔滔不绝地说，"我们

延伸思考

【语言描写】
彼得卢沙对普加乔夫充满了感激之情。

延伸思考

【语言描写】
这句话说明了普加乔夫作为一个农民起义领袖性格粗鲁的特点，也显示了农民阶级的局限性。

延伸思考

【神情描写】
这句话把士伐勃林的颓废和不甘心刻画得淋漓尽致。

延伸思考

【语言描写】牧师太太对于杀人如麻的普加乔夫为什么单单对彼得卢沙特别礼遇感到非常困惑。

真想念你。可怜的玛莎,咬紧牙根,跟士伐勃林周旋到底,不让他越雷池一步。他竟把她囚禁起来。普加乔夫怎么回事?对你特别礼遇?我真想不透。萨威里其老是卖关子,说什么'天机不可泄漏',神秘兮兮的。到底你们的关系怎么样,我猜他是你们家的农奴,是不是?你家待他不

错，所以他不忍杀你，也算天良未泯、知恩必报。咳，为什么要去当强盗，既然主人待他那么好……"

"算了，算了，老太婆，啰里啰唆一大堆，自言自语嘛？"盖拉辛牧师打断他太太的"独白"，然后又向彼得卢沙说，"好运气哦！人家常常说'大福不再'，你却一再得贵人相助，也许是吉人天相吧。请进，许久不见，我们要好好聊聊了。"

牧师太太一面把家里所有的好东西都拿出来款待彼得卢沙，一面又口若悬河地谈着过去。好不容易彼得卢沙才有讲述别后一切的机会。当他们听到普加乔夫从士伐勃林口中得知玛莎的身份时，老夫妇俩不约而同地画着十字。

延伸思考
【细节描写】
这句话表现了牧师夫妇对玛莎危险境遇的担心。

"士伐勃林怎么那样差劲呢？真想不到呀！还说多愿娶玛莎为妻，我看他不是基督教徒，实在是魔鬼的门徒呀！"

牧师太太感叹士伐勃林的心术不正，当她还想大发议论时，门开了，玛莎轻轻地走进来，素净的脸蛋儿浮起了一丝笑意。她穿戴打扮起来，仍像从前那样秀丽，只是脸色苍白些，两颊也消瘦了不少。

延伸思考
【外貌描写】
通过对玛莎脸庞的细致描写，表现了玛莎的美丽和神情上的憔悴。

这一对乱世儿女相视良久，紧紧地握手，彼此都不说一句话。

牧师夫妇悄悄地溜走，留下脉脉含情的他们。道不完的相思、诉不尽的衷曲，一对恋人沉湎在幸福的怀抱里，喜极而泣，最后才谈到现实问题。

延伸思考
【感情描写】
历尽艰辛后的重逢，使这对恋人深深的沉湎在爱情的甜蜜里，难舍难分。

"我们不能留在佩洛格斯克要塞了。"彼得卢沙说，"因为这里是沦陷区，而且士伐勃林把我们看作眼中钉，虽然他慑于普加乔夫的声威，一时奈何不了我们。然而一旦有变，他最先解决的一定就是我们。"

"那我们到奥伦堡去吧。"

"更糟糕。你不知道那里早已成了人间地狱，大家抢夺食物及一切日用品，有办法的人都纷纷逃出。你已经吃够亏了。我怎么能带你再去受罪呢？"

"在世界上我已没有一个亲人,你叫我往哪儿去?"

"别说傻话,我不是你最亲爱的人吗?咱们到西姆比斯克去。"

"你的家乡?"

"是,只有那里才是你的避难所。"

"为什么说是我的?你不和我一同返乡吗?"

"我还有任务在身,如果可能,我会回奥伦堡。现在带你一程,一遇到政府军,我就得加入杀敌的阵营。那时,萨威里其会护送你安抵家门的。"

"奥伦堡不是乱糟糟的吗?你还要回去啊?"

"我当然要跟伙伴们同甘共苦呀!不过,我已想过,不太可能,因它四面八方都被包围起来,所以我可能就近投入某军团。"

"彼得卢沙,伯父伯母不是很讨厌我吗?"

"什么话?我爸妈还没看到你,怎么会讨厌你呢?我相信你一定会得到他们的欢心。何况,你是殉国者的女儿,爸妈将以能爱护你,视为最大的光荣。"

【延伸思考】
【语言描写】这句话表现了彼得卢沙作为一名军官非常有责任感。

名家点评

凭借对普加乔夫性格的了解,彼得卢沙巧妙地运用自己的智慧使自己和玛莎化险为夷。彼得卢沙在上尉家里见到了玛莎,她虽然消瘦,但却依然美丽。这对恋人陶醉在爱情的甜蜜里难舍难分。

拓展训练

1. 普加乔夫大发雷霆,为什么彼得卢沙反而异常平静?
2. 彼得卢沙为什么决定离开佩洛格斯克要塞?
3. 彼得卢沙要玛莎去哪里?

老友祖林

名家导读

普加乔夫为彼得卢沙开了一张通行证，在这张通行证的保护下，彼得卢沙和玛莎一路畅通。到了一座小城边，彼得卢沙一行人被哨兵抓住，因为他们居然到了政府军控制的区域。他们这次又会面临什么危险呢？这次他们能化险为夷吗？

没有多久，马克西姆为他们拿来一张通行证，上面写着："凡是彼得三世治下的道路及大小城市，都不能对持有者横加留难，并尽量给予方便。"

普加乔夫要回他的"都城"伯尔达去了。彼得卢沙跑去为他送行。两个人互道珍重。普加乔夫坐上车子，在人群中发现牧师太太，俏皮地跟她眨眨眼，好像是说："你的阴谋已被我揭穿了！"

彼得卢沙目送他的马车驶过白茫茫的原野远去，激动得不能自已。普加乔夫对贵族地主来说，简直是一个恶魔，但对他呢？他也是贵族地主，却是仁至义尽。他对普加乔夫虽然有救命之恩，但他大可以一笔抹杀。尽管萨威里其一再嚷着什么兔皮袄子。但谁知道他们过去那一段呢？萨威里其，他想起这个忠实的仆人，也是够义气的，多嘴的他，竟从未揭过普加乔夫跌倒雪地的疮疤。彼得卢

延伸思考

【情节描写】普加乔夫对彼得卢沙可谓是滴水之恩当以泉相报，他也算是一个知恩图报的"君主"。

沙也想，除非万不得已，他绝不会向人说普加乔夫潦倒不堪的一页历史。

玛莎在走之前，到她父母的墓地——教堂后面，这是士伐勃林"恩准"的——去拜祭，回来后，泪痕还未干，显然哭过了。

彼得卢沙他们就坐着一辆旧马车，辞别牧师夫妇，离开了佩洛格斯克要塞。

到了最近的一个要塞，他们下来换马。瞧那一位普加乔夫任命的新要塞司令的殷勤劲儿，彼得卢沙猜想，大概是车夫骗他说，他们是小朝廷的重臣。

他们又继续赶路，黄昏时分走近一座小城。哨兵问口令，车夫回答：

"我们是皇帝的教亲与他的太太。"

没想到立刻从城门冲出一队轻骑兵，围住他们。

"滚出来，那个狗屁皇帝的臭教亲！"

"现在是女皇时代，你们别信口胡说呀！"

辱骂声不绝于耳，他们只得下车。

"带我去见你们的长官吧。"

彼得卢沙知道从刚才那个要塞司令得来的情报不正确，这小城已被政府军收复。于是他转忧为喜，平静地说。

这一伙人看到彼得卢沙穿着军官制服，立刻住了嘴。萨威里其喃喃地说着：

"普加乔夫的通行证做什么用？废纸一张罢了！天啊！我们又落入陷阱了。"

几分钟后，他们被带到一间有强烈灯光的屋子。一个下士进去通报，回转来说：

"我们长官正忙着，不会客，叫你们先到拘留所去，有事明天再讲。"

"多忙？就这样不分黑白地把我们囚禁起来？"

彼得卢沙不顾一切地冲进屋里。只见一个房间里围着几个轻骑兵在玩着纸牌。他们的长官——一个穿着少校服

延伸思考
【情节描写】普加乔夫治下的官员与女皇治下的官员并无区别，都是对上阿谀奉迎，对下极尽剥削之能事。

延伸思考
【语言描写】车夫的话印证了彼得卢沙的猜想。

延伸思考
【情节描写】可见政府军也是玩忽职守、只顾自己的享乐。

的军官——也在其中。他立刻认出是旧友祖林。

"祖林!好哇!原来你在忙这个!"

"彼得卢沙!是你,你怎么上我们这里来了?一块儿来玩吧!"

"谢谢,我们很困了,请你拨一个住处让我们歇歇。"

"你,还跟着什么人?那个老仆吗?"

"除了他,还有一个,我的未婚妻玛莎小姐。"

"哈,你要结婚了?小毛头!"

说着,忙出来和玛莎见面,请她原谅那些部下的鲁莽,叫她受惊不小。又命令手下带她到本城最好的招待所,最后留下彼得卢沙,请他在其处过夜。

晚餐时,祖林在听了彼得卢沙的长篇故事后,说:

"到西姆比斯克的路我已铲平了,你大可放心,让她自个儿去,何况还有你那忠仆照料,应该没问题的。"

"好吧,就这样决定了。我加入你的军队,继续为女皇服务。"

"老弟,那次真对不起啊,让你输得那么惨。"

"没什么,提它干么?"

"我那时手头非常紧,非宰一头肥羊救急不可,你活该倒霉,叫我逮住了。"

"哼,原来你存心不良,害我不知挨萨威里其多少骂呢,你还得意洋洋哩。"

"别生气哦,我看准了你有油可揩,要不然我才不会那么狠呢!"

到了晚上,萨威里其来伺候彼得卢沙睡觉。

"老爷子,我拜托你一件事,可别拒绝呀。"

"彼得卢沙,怎么吊起我胃口来了呢?你还有什么事不敢对我明言的?"

"我与祖林商量的结果,你护送玛莎回老家,我留在部队里。"

"万万不可!我走了,有谁照顾你呢?"

【情节描写】
祖林虽然是一个狡猾的人,但是彼得卢沙毕竟是他的旧友,所以他还算客气。

【语言描写】
祖林旧事重提,两人可谓是化干戈为玉帛。

【语言描写】
作为忠实的仆人,萨威里其时时刻刻为主人的安全担心。

"萨威里其,我最信任的朋友,你瞧,这儿照顾我的朋友可不少,祖林是我的莫逆之交哩。"

"对啦,那个人你怎么认识的?"

"以后再讲。"

"咦?又卖关子!我一直跟着你,为什么从来没见过他呢?"

"告诉你也好,不过别骂啊!一百卢布的事还记得吧?"

"哦,我怎么会忘掉?啊!他是个老千呀!你竟'认贼作友'!"

"祖林不是你想象的那个样子。"

"在撞球上骗掉一个十七岁孩子一百卢布的人,能算好人吗?"

"这个你甭管。去不去,我的好萨威里其?"

"让我考虑一下。"

"不行,现在就得立刻答应我。玛莎一个女孩儿家留在军队里不方便,所以我们非得把她送到安全地带不可。其实你伺候她还不是等于伺候我一样?因为我决定一等战乱平定,就要跟她结婚了。"

"哈,这小孩儿要结婚了!好!好!"萨威里其乐极拍手,但马上又愁眉苦脸,"可是老爷那关通得过吗?"

"爸爸不会反对了。情形跟过去完全不一样了,是不是?玛莎都有信心,你何必替我们担心?但是我还需要你的帮助,在两老前可要为我们'美言'几句啊!"

"这个自然。彼得卢沙,你还小,说结婚嘛,委实太早,再过两年比较好。哦,你说不是现在,那么我也不再说什么。玛莎是个好女孩,可惜没有什么嫁妆。咳,我这老顽固计较什么?在战乱中,多少人的财产荡然无存,我们不该嫌人家。"

"萨威里其,你真好,我永远喜欢你。"

彼得卢沙忍不住在他皱纹纵横的老脸上吻了一下。

延伸思考

【语言描写】当听到彼得卢沙要和玛莎结婚时,他真为彼得卢沙而感到高兴。

延伸思考

【神态描写】彼得卢沙父亲对彼得卢沙和玛莎婚事的反对态度,让萨威里其非常担心。

延伸思考

【动作描写】这句话表现了彼得卢沙对忠实、善良的萨威里其的喜爱。

第二天祖林的部队就要开拔到别处去剿匪了。彼得卢沙匆匆与玛莎、萨威里其道别。他慎重地把玛莎托付给萨威里其,又递了一封信给她,那是写给他父母的。昨晚他乘萨威里其熟睡时偷偷起来写的。他相信这封家书绝不会像上次那样,惹起他父亲的愤怒,相反的,他父亲一定会充满慈爱地读完它。

"再见,彼得卢沙,"玛莎用只有彼得卢沙一个人听见的声音说,"我们能不能再相见,只有上帝知道。但是在我心中,永远只有你的影子,不论是过去、现在或未来。"

延伸思考

【情节描写】信的内容究竟是什么呢,作者在此为我们设置了悬念。

名家点评

在一座小城边,彼得卢沙一行人被哨兵抓住,原来这是一座政府军控制的小城。这次,彼得卢沙身上的军官服帮了大忙,他们在这里竟然遇到了彼得卢沙的老相识,祖林。彼得卢沙安排萨威里其和玛莎回自己的老家避难,而彼得卢沙自己打算参加祖林的政府军。

1. 在最近的要塞,那个司令非常殷勤的原因是什么?
2. 祖林上次为什么要骗彼得卢沙钱?
3. 彼得卢沙为什么不和玛莎一起回他的家乡?

军法审判

名家导读

奥伦堡之围耗尽了普加乔夫的实力,最后普加乔夫大败。然而,他很快东山再起,女皇派大军围剿,普加乔夫最后被俘。就在彼得卢沙准备回家乡成婚之时,却收到了逮捕自己的消息。这究竟是怎么回事呢?

普加乔夫渐渐施展不开,可说是黔驴技穷了,奥伦堡一围数月,消耗了他们不少实力。

二月末,使得作战困难的冬天已结束,春天来了。普加乔夫还是老在奥伦堡兜圈子。因为他认为既已下了这么大的本钱,虽然食之无味,但弃之也可惜。奥伦堡之围,虽然使他声名大震,但也把他陷入泥淖中了。

将军们现在采取一致的行动,准备一举歼匪了。彼得卢沙他们的部队开近奥伦堡来,周围的小村子都"箪食壶浆,以迎王师"。强盗们一见政府大军开到,立刻辙乱旗靡,四散奔逃。

不久,果里岑亲王联合各部队在附近的一个要塞打败了普加乔夫,解了奥伦堡之围,彼得卢沙也参加了此役。可惜普加乔夫没捉到,彼得卢沙反而替他庆幸。彼得卢沙并不是希望他溜掉后重整旗鼓,而是希望普加乔夫从此隐姓埋名,不再出来翻江搅海。

没想到普加乔夫逃窜到西伯利亚,又在那里招兵买

延伸思考

【心理描写】普加乔夫虽然是匪,但是他却帮了彼得卢沙不少的忙,所以彼得卢沙希望他能够逃脱。

马。复燃的死灰重新把俄罗斯的草原燃烧起来。后来他竟攻陷喀山，向莫斯科推进。

彼得卢沙的部队经过普加乔夫蹂躏过的村子，疮痍满目，哀鸿遍野，简直无从安抚。各地的长官，不论军事或行政的，不是被杀就是逃走。在这无政府状态中，良民也变成了强盗，政府军与匪军也不分了。

这时，凯瑟琳女皇才恐慌起来，不再轻视普加乔夫的叛乱了，于是调回土耳其前线的军队，全力进剿。叛军退守乌拉山中，普加乔夫被部下所出卖，擒住送审。这是一七七五年的事。到一七七三年，扰遍大半个欧俄的乱事才算平定。

当彼得卢沙听到活捉普加乔夫的消息时，痛苦抵消了庆幸。这掀起腥风血雨的人，似乎死有余辜。但是彼得卢沙与他有过情感交流，因此为他判定处斩的命运悲哀起来。

彼得卢沙他们接到停止进军的命令后，他就向祖林告假，预备回西姆比斯克家乡去。他想着爸妈不久后就可见到，还有玛莎、萨威里其，不禁雀跃三尺。祖林看他那童心未泯的样子，耸耸肩膀说：

"别太高兴了！结婚不是什么好事，相反是最愚蠢的。服侍妻子、养儿育女，得了吧，我绝对不会傻到把一副沉重的枷锁往自己头上放！一结婚，一生就完了！"

祖林是个独身主义者，也是个人主义者，论调"不同凡响"，竟把人家认为一生最大的幸福视为最不幸的事。彼得卢沙笑笑，也不去辩驳。因为他想，自己不论在战场、情场都打胜仗，何必在口头上逞强？又哪会料到大祸已临头。

就在他启程的一刻，祖林面色凝重地走进他的房间来，手上拿着一张公文。他先支开了彼得卢沙的勤务兵，才说：

"这是我刚才接到的公函，读一读吧！"

原来是审讯普加乔夫的特别委员会发给各部队长官的

【情节描写】普加乔夫的军队给老百姓的生活带来了很大的灾难，战火连绵，民不聊生。

【动作描写】这句话表现了彼得卢沙当时兴奋异常的心情。

【细节描写】从祖林的脸色可以看出，或许有什么重大的事情将要发生。

延伸思考

【语言描写】
事情果真会如祖林所说的那么简单吗?

延伸思考

【场景描写】
"断垣残壁、十室九空",表现了喀山所受到的战争破坏是多么的严重。

命令,意谓立刻逮捕一名少尉格里涅夫,且火速送到喀山该委员会处。

"麻烦的事。但你可据理力争,没什么大不了。"祖林安慰他说。

彼得卢沙问心无愧,不畏审讯,可恼的是,团聚的日子被耽误了。

祖林派两个轻骑兵护送,也可说是押解彼得卢沙到喀山去。

一到喀山,使他更加触目伤心,这里所受的破坏更甚其他城市,只剩下几片断垣残壁,满城几乎全化为焦土。往日的繁荣已成为过眼云烟,十室九空,劫后余生的人没

有几个。

彼得卢沙被送到一处残破的堡垒里,轻骑兵就将他交给值班守卫的军官。上了脚镣后,他又被解至监狱中一间狭小的暗室。

开庭了。主审者是一个老将军,陪审的是一个青年近卫军军官。彼得卢沙想起他曾经那么羡慕当一个近卫军军官,如今不但没当成,反而要受人家审讯,真是窝囊透顶。还有个耳后插笔的书记官,伏在桌上,准备写彼得卢沙的口供。例行问题问过后,那位老将军说:

"你是不是安德烈·格里涅夫的儿子?"

"是的。"

"他是一个可敬的人,但是你呢!你为什么加入叛逆集团?"

"我没有。如果有罪,我甘愿被处最严重的刑,但我是无辜的,请庭上开释。"

"你这样说并不高明,哪一个嫌疑犯不是口口声声力辩自己无罪呢?"

轮到那个青年军官审问了:

"你在普加乔夫那里效劳多久,他委任你什么职务?"

"绝无其事,我是贵族军官,将荣誉看得比生命还重要,我怎会投降呢?"

"你是说,人家诬告你了?你能否认普加乔夫对你的格外恩遇吗?别的军官都遇害,为什么独有你幸存?当然还有一只漏网之鱼……"

"士伐勃林,难道是他告发了我?"

彼得卢沙脑海中闪现这个念头。

"这段怪诞的友谊:与普加乔夫在他们的庆功宴上狂欢,接受他的礼物——你作何解释?"

到此,如果他不说出实情为自己辩护,叛国罪马上可以成立,难免一死。彼得卢沙只好和盘托出,这实在是违反他初衷的。他将雪地救人的经过及后来的种种情形毫无

延伸思考
【语言描写】
彼得卢沙的辩驳显然没有起到任何作用。

延伸思考
【细节描写】
告发彼得卢沙的人,大概也只有那个卑劣的士伐勃林了。

保留地叙述一遍,最后说:

"不错,他是送了我一匹名驹和一件皮毛珍贵的大氅,还有半卢布,但我并不以接受人家的好意为耻。在加入祖林的军队以前,我也一直是以保卫奥伦堡为职责,不信,庭上可去函询问安得烈将军。"

老将军看了彼得卢沙一眼,然后慢腾腾地展开一纸公函读着:

"……查该少尉格里涅夫在奥伦堡供职,系自去年(一七七三年)十月起,至本年二月二十四日止。该少尉于此日擅自离城,即不再返此间服务。据目击难民称,该少尉确曾在普加乔夫处盘桓,并曾与普加乔夫同赴佩洛格斯克要塞……"

彼得卢沙本要再解释,关于与普加乔夫同赴佩洛格斯克要塞的事,但一想到这样就会把玛莎牵连进去,就不再言语。一个女孩儿家,在大庭广众中受审,人言可畏,诽谤者不知要把她说得如何不堪。想象那可怕的情景,彼得卢沙战栗不止。

两个审问者一见彼得卢沙由坚强变软弱,稍微同情的心又起疑了。

"格里涅夫少尉,现在跟你的告发人对质吧!"青年军官说。

"果然是士伐勃林,这条毒蛇,老缠住我不放,真是我的大克星呀!"

趾高气扬的士伐勃林已不复存在,他现在是个罪名已确定的死刑犯,蓬头垢面,形销骨立,但两眼燃着复仇的火焰,咄咄逼人。

"格里涅夫是普加乔夫的奸细无疑。他每天出奥伦堡城去,明是打击敌人,暗地里却将城里的情报,转达普加乔夫。后来大概晓得城里呆不住,就公然投靠,同他在各要塞巡视……"

"士伐勃林,你是知道实情的,为什么要诬蔑我?"

延伸思考

【情节描写】在自身难保的危急关头,彼得卢沙还在为玛莎考虑,可见,他对玛莎深深的爱。

延伸思考

【人物描写】通过对士伐勃林外貌的描写,表现了他当时非常狼狈,但是他要在死之前拉上彼得卢沙垫背。

"哼！我冤枉你？你不是跟他称兄道弟吗？毫无愧色地接受他的馈赠？并千方百计地中伤我，以便接管佩洛格斯克要塞，好跟上尉的……"

"简直是含血喷人！士伐勃林，少说两句好吗？"彼得卢沙真怕他提起玛莎的名字，幸亏他经彼得卢沙这一可斥，闭起嘴来，不再饶舌。

"难道没力气了？难道他……如果他跟我的想法一样，为了维护玛莎的名誉，那么，他是真心在爱玛莎了？"

担任审讯的军法官又问彼得卢沙还有什么反证可提出申辩，彼得卢沙说：

"我要说的都已说了，现在只能静候庭上公平地判决。"

"我们当然会秉公处理，不会冤枉好人。"

彼得卢沙跟士伐勃林都被带下去了。戴着脚镣手铐的士伐勃林蹒跚地走到彼得卢沙面前，饶有深意地向他咧嘴一笑，似乎在示威："这下子咱们扯平了吧。"

从此，彼得卢沙过着暗无天日的牢狱生活，直到……

名家点评

普加乔夫兵败被俘，彼得卢沙为普加乔夫的命运感到悲伤，毕竟他们之间有过情感交流。然而，彼得卢沙也被逮捕，理由是有人举报其投降普加乔夫。在审判的时候，彼得卢沙据理力争，但是形势对他很不利。

延伸思考

【细节描写】看到彼得卢沙也和自己一样成为了阶下囚，士伐勃林罪恶的心灵暂时得到了平衡。

1. 是谁诬陷了彼得卢沙？
2. 彼得卢沙为什么为普加乔夫感到惋惜？
3. 安得烈将军有没有为彼得卢沙作证？

凯瑟琳女皇

名家导读

玛莎在萨威里其的引导下,来拜见未来的公婆。安德烈的思想已经发生了巨大转变,他愉快地接受了玛莎,彼得卢沙的母亲更是对玛莎非常喜爱。可是,正在这时,却传来了彼得卢沙被判流放的消息。玛莎决定亲自去解救心爱的彼得卢沙……

凯瑟琳二世即位后,文治武功齐头并进。军事上,两度对土耳其作战,三次瓜分波兰。文教上,创立贵族学校,设立孤儿院、医院,编纂百科全书,修改法典,对国民施以启蒙教育,并且亲撰修身处世的格言,编导富有教育意义的喜剧。

她的改革建树虽可观,却在管制农奴方面彻底失败。为了酬谢贵族对她的支持,把广大的土地和四十万官有农奴,分赠贵族,并不许农奴诉苦。一七六四年,没收教会的财产,更从僧侣阶级中抽调一百万农民,使之归于国有。

如此胡搞乱行的结果,酿成普加乔夫之乱,使她辉煌政绩上留下一个最大的污点。使之在她有生之年,一直引以为最大的憾事。

再说,玛莎在萨威里其的引导下,拜见她未来的公婆。他们热烈地欢迎她。经过这次天翻地覆的大动乱,安

延伸思考

【情节描写】这句话揭示了普加乔夫起义的原因:有压迫就会有反抗。

延伸思考

【情节描写】社会大时代的剧烈变迁,也引起了人们思想上的巨大改变。

德烈的观念已开通多了，不再认为贵族与平民通婚是一件有辱门第的事。西姆比斯克虽没被波及，但那阵扑灭贵族地主之风，已把他的封建思想吹散。何况玛莎又是如此聪慧可爱，彼得卢沙的母亲一看到她就笑得合不拢嘴了，她实在太喜欢这个准媳妇了。

彼得卢沙被捕的消息迅速传到格里涅夫家，使他们的满腔喜悦化为乌有。内乱结束，他们都一心盼望爱子返乡团圆，没料到有此变故。二老再度详细地向玛莎、萨威里其探问，彼得卢沙与普加乔夫订交及后来的种种情形，玛莎保证彼得卢沙的清白，萨威里其发誓少爷绝不会玷辱门风。他们也不相信，纯洁善良的爱子，会做出大逆不道的事。他们虽然焦急，也认为特别委员会调查清楚的，将来会释放彼得卢沙，所以并没有上下打点、疏通关节。

几个星期后，晴天霹雳！

他们的亲戚勃亲王，从彼得堡寄来一封信给安德烈·格里涅夫，说彼得卢沙加入叛党，与普加乔夫勾结，违背效忠女皇的誓言，不称军职。经人告发，证据确凿，理应处斩。女皇因体念其父功勋卓著且年迈单传，改判为西伯利亚的无期流放。

> **延伸思考**
> 【情节描写】
> 短短的一句话，推动了故事情节的迅速发展。

"上帝啊！我的儿子竟是这种败类！女皇赦免他一死，我会好过吗？这种不肖子死了倒干净！彼得卢沙呀！看你如何伤害了我们一家，往后我们怎么抬得起头来？我还不如跟了你去！"

通常安德烈应付烦恼的唯一办法就是沉默，如今竟呼天抢地起来，可见他受的打击有多大呀。彼得卢沙的母亲劝慰她丈夫，不要失去对儿子的信心，他们的彼得卢沙绝不是叛徒，即使一时动摇，也会回到正途。

"说这些有什么用？已经定罪了！你受得了吗？但愿我能替他死，他是你的命根子……"

彼得卢沙的母亲本来想哭，但看她丈夫暴跳如雷，便强忍住，让泪水往肚里流。现在听他这一说，不禁痛哭失声。安

> **延伸思考**
> 【人物描写】
> 当得知儿子竟然被判流放，一直对儿子抱有厚望的父母是多么的伤心啊！

德烈反过来要劝慰她了,说着说着,自己也忍不住老泪纵横。"

这时玛莎出现了,显然她已听出端倪来,二老泪眼模糊地看着她。她一进来,就低声啜泣,悲伤地说:

"夫人,不,妈妈!我要到彼得堡一趟!"

"什么?你要离开我们?在彼得卢沙将要永别我们的时候?"

"彼得卢沙一定会获释回来的。妈妈,您怎么也怀疑起他?您一向不是跟我的看法一样吗?"

"但是勃亲王的信我们不能不信呀。"

"他们那班人轻信流言,竟不肯设法营救他。我到彼得堡的目的,就是要上书请愿……"

"给女皇吗?"安德烈打断了她的话。

"是。"

"去吧,玛莎,现在唯有你能搭救他了。"安德烈鼓励她说。

【语言描写】
玛莎现在或许是彼得卢沙最后一根救命稻草了。

"我祈求亡父在天之灵保佑我,使我此行不负爸妈的期望。"

于是玛莎就在萨威里其、帕拉士卡的随行下到达索菲亚——在彼得堡南十五里的夏宫的外城,凯瑟琳女皇每年都在这里避暑。

玛莎他们租了一间房子住下,不久玛莎设法认识了夏宫总管的太太安娜。安娜非常同情她的遭遇,答应帮助她求见女皇,就向人假称她是御厨的侄女,把她带进宫内。安娜对她讲了女皇几点醒来,什么时候喝咖啡、散步。并说女皇最近政务较忙,叫她稍候几天再上书,最好当面呈递。

【心理描写】
心爱的彼得卢沙遭此大难,生死未卜,玛莎的心里怎么能够平静呢?

这天凌晨,玛莎辗转反侧,睡不着觉,披衣起床,走到宫廷花园去散散步。她呼吸了一口沁人心脾的新鲜空气,感到舒畅多了。

太阳渐渐上升,照亮了开始变黄的菩提树叶子。
微风吹来,池面波光粼粼,反射着晨曦,灿烂夺目。

【景色描写】
通过对美丽景色的描写,似乎预示着新希望的到来。

一对雪白的天鹅悠悠醒来,从池塘的那边搔首弄姿地游过来。天边的红霞、脚底下的绿草,还有黄菩提树、白天鹅,好一幅瑰丽的大自然美景!

玛莎在这幽静的环境中陶醉了。漫步于两旁花木扶疏的小径上,慢慢有点累了,正想找一张椅子坐下,"汪!汪!"一只英国纯种狗向她跑来,把她吓得呆若木鸡。

"别怕!它不会咬人的。"

附近的一张椅子上坐着一位中年太太。她微笑着向玛莎"保证"后,请玛莎坐在她旁边。玛莎怯生生地走近,偷偷打量着她。虽然在清晨,她却穿戴整齐,俨然宫廷贵妇模样。面貌美艳,仪态万方,目光灼灼,使得玛莎几乎不敢逼视。手上还拿根手杖,杖头金镶玉饰。

【人物描写】通过对人物穿戴、外貌、气质的细致描述,暗示了这个人非同一般的身份。

"你不是住在这里的吧?"

"嗯,夫人,我刚从西姆比斯克来。"

"你远道而来,想必有大事要办。"

"是,我要呈上请愿书给女皇。"

"你受了什么委屈吗?为你自己或为你的家属?"

"夫人,我是个孤女。"

"那么?"

"夫人,我是来恳求女皇的恩惠的。"

"你叫什么名字,小姑娘!"

"夫人,我叫玛丽亚(按:玛莎是昵称)·米洛诺夫。"

"米洛诺夫?很熟的,哦,佩洛格斯克要塞的司令官米洛诺夫上尉是你的亲戚吗?"

"夫人,那正是亡父。"

"勇士之女!好,你有什么事,我经常在宫里走动,可以将你的事转告女皇。"

【语言描写】米洛诺夫上尉英勇为国捐躯,赢得了人们的尊敬。

玛莎猜她大概是个贵妇,某大臣的夫人或皇族的人。玛莎充满谢意地看看她,然后从衣袋里拿出请愿书。夫人接过去,起先静静地读,读到后来却变了脸色。玛莎紧张的心都要跳出来,她不晓得这位夫人为什么前后判若两人。

【细节描写】通过对这位夫人读信时脸色变化的细致刻画,表现了夫人当时激动的心情。

"原来你是为格里涅夫请愿。"激动的情绪平静下来,夫人改以冷峻的口气说着,"据我看,女皇不会赦免他。他的行为,如果不是卖国求荣,至少是可耻的怯懦。"

"这都不是实情。"

"你是说告发者陷害他?"

"不错,士伐勃林捏造事实,巧为罗织,使彼得卢沙百辞莫辩。"

"这么严重的事,难道他会轻易认罪?"

"格里涅夫少尉认罪了吗?"

"虽然没有,但他不肯进一步解释,可见已理屈词穷。"

"夫人,你有所不知,格里涅夫不肯解释他后来去找普加乔夫的原因,我想是为了我的缘故。"

"……"

"因为他爱我,不愿我卷入可怕的漩涡。"

聪明的玛莎已看出这位夫人对女皇一定很有影响力,所以毫不迟疑地说出关键所在,并且把告发者士伐勃林求婚不遂的事也抖出来。这位贵妇人才颔首领悟。

"你住在哪里?"

玛莎告诉了她。

"好,我知道了,我会为你的爱人开脱罪名,再见!"

延伸思考

【情节描写】玛莎能够从这位夫人的言谈举止中看出此人的高贵身份,可见,她是一个聪明的姑娘。

名家点评

当听到彼得卢沙被判无期流放的消息后,全家人悲痛欲绝。玛莎提出要亲自去解救彼得卢沙。玛莎来到了达索菲亚。在这里,她遇到了一位美丽端庄、气质高贵的夫人,她把彼得卢沙的冤情据实告诉了这位夫人,这位夫人答应帮助玛莎。

归 乡

名家导读

聪慧的玛莎已经猜出了那位夫人的身份,她一定就是当今的女皇!看到彼得卢沙终于有救了,玛莎非常兴奋。果然,女皇派人召见玛莎。玛莎解救彼得卢沙会取得成功吗?女皇会相信玛莎的话吗?

延伸思考

【细节描写】玛莎一定猜出了那位夫人就是女皇,看来自己心爱的彼得卢沙有救了,玛莎真是一个非常聪明的姑娘。

回来后,安娜问她到哪里,玛莎微笑不语,她已猜到了那位夫人的真正身份,从她最后那句话听出来的。

"现在已是夏末初秋的时候,天气早晚转凉,你要小心保重身体,不要伤风才好。"

安娜关心地说,然后又开始讲她永远说不完的宫中轶事。这时候一个宫廷女侍跑来。

"女皇请玛丽亚·米洛诺夫小姐去。"

安娜吓了一跳,慌里慌张地说:

"女皇怎么会知道呢?我还没为你疏通哩,真奇怪。现在来不及了,你一点宫廷礼节都不懂,我应该早点教你才对。我陪你去吧,还有衣饰什么的,你又没一件较体面的,我去为你借来好了⋯⋯"

"女皇请她单独前去,而且特别交代,不必换衣服。"宫女打断了她的啰唆。

玛莎倒是不慌不忙地,她早已料到,当目送那雍容华贵的背影消失时,她就知道她上诉找对了人。

玛莎被宫女引领着，穿过一间又一间富丽堂皇的殿堂，最后到达女皇的化妆室。

凯瑟琳二世坐在梳妆台前。果然是在花园碰到的那个美妇人！她为自己的好运而狂喜，如果不是在庄严的女皇面前，她真要跳起来。

"我相信你所讲的一切，这封信你返家后亲呈安德烈·格里涅夫伯爵。"

玛莎跪伏接信，良久不起。女皇把她扶起来，才发现她已成了个泪人儿。这时女皇一改严肃的态度而变得和蔼可亲。她殷殷垂询玛莎的生活情形。

"我欠米洛诺夫上尉太多了，他的女儿我会妥为照顾的。"

女皇最后说了这么一句话后，才命玛莎回去。

回来后安娜又问长问短的，玛莎心不在焉地回答。她急着回西姆比斯克，向未来公婆报喜讯，哪有心情听这老太婆的唠叨？安娜认为她年轻不懂事，也就给予了谅解。

玛莎匆匆谢过安娜后就准备回家，催促萨威里其备马。帕拉士卡眼看玛莎喜不自胜的神色，知道不虚此行，也不敢耽搁，三人坐着原来的马车驰回故里。

繁华的彼得堡对他们一点吸引力都没有，他们竟过城门而不入！

一七七五年年底，尝了几个月铁窗滋味的彼得卢沙也获释返乡，一跨进家门，看到母亲一个人在客厅里。当母亲看到爱子时，流下了喜悦的泪水，拥着彼得卢沙，像离乡时那样。

"彼得卢沙，彼得卢沙，你简直想死妈妈了。"

"妈！孩儿不肖，连累妈妈担惊受怕。"

"回来了！好！好！从此再不让你离开家门一步了，不管你爸爸如何逼迫，我再也不依他，以后我要有主见一点。咳，那时假使到近卫军去，也不会受到这么多灾难。

【心理描写】
这句话表现了玛莎当时兴奋异常的心情。

【细节描写】
能够受到女皇的亲自接见和帮助，玛莎非常的感动。

【语言描写】
这句话表现了女皇仁爱的一面。

【情节描写】
归心似箭的玛莎哪里还有心思领略彼得堡的繁华呢？

延伸思考

【语言描写】
严酷的战争生活和复杂的人情世故使彼得卢沙变得成熟起来。

孩子,这几年苦了你!妈妈好心疼呀!"

"妈,虽然灾难频频,但我从这里获取许多宝贵的人生经验,现在又平安归来,爸爸的决定还算不错哩!"

"安德烈!玛莎!萨威里其!彼得卢沙回来了!"

这一叫,把彼得卢沙的父亲、未婚妻、老仆都叫了出来。他们围着他,呵护备至,连他父亲都真情毕露了。他因为曾"冤枉"过彼得卢沙,所以对儿子更加嘘寒问暖,以掩饰满怀的愧疚。萨威里其还兴奋地告诉他,女皇送给玛莎一份丰厚的嫁妆。

"彼得卢沙,你知道这次是谁为你雪冤的吗?"

"勃亲王,不是吗?爸爸!"

"你想错了!到那墙边去看!"

挂在墙上琳琅满目的装饰品,他从幼年时代就看过,已视若无睹了。忽然发现有个新玻璃框子,里面嵌着一张宫廷用笺,凑近一看,原来是凯瑟琳二世亲笔信,上头写着:

安德烈·格里涅夫伯爵:

我前番此赦免汝子彼得(按:彼得卢沙是昵称)·格里涅夫少尉死刑为流刑,原以为已尽人事,不料仍是判刑过重,甚至不但不该加罪于他,还应嘉奖他一番。据米洛诺夫上尉之女所言,你的儿子屡劝普加乔夫改过,奈何他怙恶不悛,你的儿子虽徒劳无功,但由此可知他效忠皇室之诚。

延伸思考

【情节描写】
作恶多端的士伐勃林终于得到了应有的惩罚。

今特致函喀山普加乔夫审讯委员会,令其更审,务必做到毋枉毋纵,俾使冤者申其冤、罪犯服其刑。

至于士伐勃林中尉,不念袍泽之谊,甚而含沙射影,陷害忠良,加之其附匪事实,真正罪不可赦。

延伸思考

【情节描写】
玛莎通过解救彼得卢沙这件事,表现了自己的聪慧和勇敢,令人钦佩。

米洛诺夫小姐实在是个不可多得的女孩,温柔而果敢,美丽且慧敏。我谨贺你能得此贤媳,况兼有克家令子,相信今后家门必繁昌荣盛。

祝好

凯瑟琳二世

彼得卢沙简直不敢相信这是事实，因委员会根本没有再审问他，就把他放了。不过从时间上看来，他们还是花了一番工夫重新调查，才给他自由的。

彼得卢沙又向玛莎探询面奏女皇的详情。

"玛莎，我没想到你会这般勇敢。凯瑟琳女皇，谁不晓得她是个泼辣货？竟服了你这个黄毛丫头，好厉害呀！"

彼得卢沙看看大家都走光了，才这样跟玛莎开着玩笑。

"彼得卢沙，你体贴我，我不知感激，反而凶你，有这样的事吗？"

"当然要先来个声明，以免吃大亏呀！"

当彼得卢沙与玛莎沉醉在新婚的快乐之中，听到了普加乔夫与士伐勃林上了断头台的消息，心里非常难过。小两口儿除了深深寄予哀悼外，并默祷上帝宽恕他们的罪。

延伸思考

【心理描写】普加乔夫虽是匪首，却是受到压迫后的反抗；士伐勃林罪恶多端，死有余辜，但毕竟和彼得卢沙曾一起从军卫国。所以，他们的死，让彼得卢沙不由得悲从中来。

名家点评

玛莎猜到了那位夫人一定就是女皇。她受到了女皇的召见，女皇为彼得卢沙平反，并赐给玛莎一份丰厚的嫁妆。彼得卢沙终于获释返乡，他和心爱的玛莎沉醉在新婚的快乐之中。

1. 玛莎猜出那位夫人是谁了吗？

2. 你认为彼得卢沙能够获释的主要原因是什么？

3. 听到普加乔夫和士伐勃林上了断头台的消息，彼得卢沙为什么感到很难过？